講談社文庫

幻想日記店

堀川アサコ

講談社

「悲しみを消す薬があればいいのに。薬草みたいに、ゆっくりと効くのではなしに。今すぐに、悲しみに効く頓服薬があればいいのに」

「そんなものがもしあるとしたら、それは薬ではなくて、毒だよ」

「だけど、わたしには今、悲しみを消す薬が必要なんです」

幻想日記店　目次

幻想日記店

プロローグ

遊歩道沿いの道を、白い軽トラックがゆっくりと近付いて来た。

運転席の上に取り付けられた拡声器が、歌うように繰り返す。

『日記堂《にっきど》ぉー、日記堂ぉ。日記がご入り用の方は、……と交換いたします』

なにあれ？　と、中学生の数人連れが笑う。

キイキイ！　と、ヒヨドリが呼び交わす。

ピーポー！　と、救急車がうなる。

『日記がご入り用の方は……』

何と交換するのか。

中学生やヒヨドリや救急車にかき消されて、聞こえない。

何げなく耳を傾けていた通行人は「今度こそ聞き逃さないように」と思ったが、それはかなわなかった。軽トラックは路肩に停まって、エンジンを切ってしまったのだ。

運転席のドアが開き、青い紬《つむぎ》の着物を着た女が降り立つ。

女は、非の打ち所のない容貌の持ち主だった。

和装に合った小さな一歩ごとに、ひっつめにした黒髪が揺れる。

手に持つアケビ蔓《づる》細工の籠《かご》も、同じ拍子で揺れる。

籠には数冊の冊子が入っていた。どれも古びたものだった。

草履《ぞうり》の底を鳴らし、女は遊歩道を歩いた。

ぺたぺた。ぺたぺた。

……ぺた。

立ち止まった目の前に、白衣の男が居た。

ベンチに腰掛けた男は、胸ポケットに聴診器と製薬会社のロゴ入りボールペンを押し込み、干し肉のようにやつれていた。

「どなた?」

相手がわが子とさほど違わない年配でも、男の態度は礼儀ただしい。

女は思いやりのある眼差しで、男の様子を見おろす。その目に一瞬だけ、猛獣じみた貪欲な光が生まれたのを、男は見逃した。

「日記堂《にっきどう》でございます」

「日記堂?」

男はぼんやりして、拡声器で連呼していた名を聞いていなかったらしい。

「日記を商っております」

日記堂の女は長い髪を揺すった。微笑が女の両目をきれいな弓の形にする。

美人だ。

男はつかの間、魂が抜けたような心地になった。

「日記とは悩みと希望の記録。それは、同じ悩みや希望を持つ人の、生きるしるべともなりましょう」

「そうですか、なるほど」

うなずくべきか、否か。

それだけのことを決めるのに、思いのほか大きなエネルギーが必要だった。

男がぼうっとするうち、女の白い手が顔の前にのびる。葉桜《はざくら》の木漏れ日でまだらに落ちた影の中、女の白い手が視界を覆った。

「わわっ……」

男はホオズキのごとく赤面する。

異性を意識して頬を染めるなど、実に四半世紀ぶりではないか。内心でそんな皮肉を云ってみても、顔はぼうぼうと火照り出す。

「毛虫が」

白いてのひらの上で、白い毛虫がもがいていた。

「桜の下に居ると、毛虫がつきますよ。刺されると大変」

「ああ——ありがとう、ありがとう」

礼を云う男の顔を、女はさぐるように覗き込む。

催眠術のような視線だった。あるいは熟練の刑事のような、小うるさい母親のような、隠しごとを引き出そうとする目。

「実は、一人息子がこの春、医学部の入学試験に落ちまして——」

「はい」

女の満足げな微笑に、男は安堵と同時に不安をおぼえた。

聞きたい？　聞きたい。本当に？　ええ。

無言のやりとりが繰り返され、男は結局はしゃべり始める。

「彼は、ひじょうに律儀でお人好しな子なのです。本当は医者なんか向いていないのに、わたしたちに気をつかって無理しているんです。けど、彼が自分で決めた進路に、親が口出すものではないでしょう」

「親御さんとして、まことにご立派な態度ですわ」

女がほめたのに、白衣の男は考え込んでしまった。

「人生万事、選択の自由は自分にあるのだと、息子にどう教えたものでしょうか」

「人生万事、選択の自由は自分にあるのだと、ご自身がお知りになることです」

女の言葉は、白衣の男を驚かせた。

処方薬が効き始めるときのことを、男は職業柄よく意識するが、わが身にそんな変化が起こるのはとても意外だった。まして、薬の効能などではなしに、言葉ひとつでどうして気持ちが軽くなるのだろう。

男は、かたわらにそびえる中央病院の建物を見上げた。

家族のことを悩んだつもりで、男は本当は別のことを考えていた。

——病んだ人のためにも健やかな人のためにも、もっと他にできることがあるんじゃないのか？　ぼくはそれをするべきじゃないのか？

その疑問が意識の表面に浮上したのは、久しぶりのことだった。

「人生万事、選択の自由は自分にある。——ぼくにも、その自由があるんでしょうか」

「日記、お読みになります？」

女は、アケビ蔓の籠から、古びた日記帳を持ち上げた。

『屋台カフェ日記』

手書きでタイトルを記した表紙には、コーヒーとマスタードのシミがついている。

「屋台でカフェとは、面白い商売があるんですね」

その日記を受け取ったとき、白衣の男の目は無意識に輝いた。子どもの頃に、初めてミニカーを買ってもらった時の嬉しさが、心の底の底を過ぎった。

「ふむ――ふむ」

男は、『屋台カフェ日記』のページをめくった。

木漏れ日がかげり、つむじの上に雨粒が落ちる。ページの上にも、雨粒が落ちる。

「これを、譲っていただけませんか」

そう声を掛けた目の前には、誰も居ない。

青い和装の女は、すでに軽トラックに乗り込もうとしていた。

遠雷が、拡声器の声にかぶさり、重い和音をつくる。

『日記堂ぉー、日記堂ぉ。日記がご入り用の方は、ご長男と交換いたします』

散り残った桜が、風にあおられて吹き上がった。

三年前の春のことだった。

第一話　からめとる

1

安達ヶ丘の五月。

新緑の雑木林は、美しい迷路だ。

周囲をアヤメの花で囲まれた、細長い池を迂回する。

少し前にかいだコアジサイのにおいが、不意に強く香った。

（花のにおいって、香水よりずっと遠くまで届くんだな）

炎の壁のごとく咲く山ツツジの群落の前を通って、木もれ日の下を行くと――。

周囲をアヤメの花で囲まれた、細長い池が見える。

「やっぱり、元にもどってしまった」

道に迷った？　遭難した？　町なかにあるこんな低い山で？

ジーンズのポケットに両手をつっこんで、鹿野友哉《かのともや》は長い息をついた。

陽はずいぶんと西に傾きだしている。背負っている大きな竹籠の中には、父から渡された水筒があるきりだ。

（携帯も《圏外》だし。――タヌキとかに化かされてるんだったりして）

どこかに腰を降ろしたかったのだが、へたな場所に座ると蟻が登ってきて大変な目に遭うことを、ちょっと前に経験したばかりだった。それで仕方なしに、立ったままで休憩をとる。

ミントティーのかおりが鼻に抜け、のどから全身に行き渡った。父のいれるお茶は、いつでも、どんな種類のものでも、不思議なくらい美味い。

「あれ？」

お茶で気持ちが落ち着いたせいだろうか。

一息ついた友哉の目に、それまで見付けられなかったものが飛び込んできた。——山ツツジの株と株の間に、小道が通っている。

「うわ」

山ツツジの花の壁は、その向こうに特別なものを隠していた。

目の前に広がったのは、低木のしげみである。それは、どれもお茶の木だった。

友哉は背負った竹籠が揺れるにまかせて、しげみの中に分け入る。

厚く光沢のある葉は、めいめい風に揺れて陽光を反射していた。まるで、小さな鏡の群れみたいだ。

友哉は茶畑の中に立ち止まり、新芽に顔を近付けた。煎じたお茶とも違う、すこし青くさい香気が、鼻をくすぐる。新芽を一枚摘んで空にかざすと、和毛《にこげ》の一本一本が銀色に光っていた。

「これが、親父の云っていた野生の茶畑か」

ためらう理由はない。友哉は、次々と茶葉を摘んだ。

指先が感じる収穫の喜びは、たちまち友哉をとりこにした。

摘めば摘むほど緑の香気は濃くなって、不思議な幸福感がこみあげる。ついさっきまで思い悩んでいた遭難や野宿の心配は、すっかり頭から抜け落ちていた。籠に茶葉がたまってゆくのは判っても、時間が過ぎることには考えが至らない。

友哉は確かに、説明のつかない高揚感にとらわれていた。そんな浮かれた気持ちからさめたのは、竹籠がいっぱいになって、もう茶葉が摘めなくなった時である。

友哉は顔をあげた。

西の空にわずかな夕焼けを残して、夜が迫ってきている。

(帰れないかも知れない)

のどが渇《かわ》いたものの、竹籠の底にある水筒は、もう取り出せない。

(お茶は我慢して、戻れるだけ戻ろう)

帰路を思い出しながら、来た道に足を向けた時である——。

山ツツジの花壁に続く小道に、まったく思い掛けないものが見えた。

和装の女性だ。

白い足袋に草履ばき。ひっつめにした長い髪は、無造作に後ろに垂らしている。陶器の人形を思わせる滑やかな肌も、目鼻だちも、きわめて美しい人だった。

うす暗がりに立ち尽くす友哉が、相手の容姿のそんな細部までも見極めることができたのは、女の方からこちらに近付いて来たからだ。

ぺたぺた。ぺたぺた。

凸凹の小道を踏む音が、やわらかく響く。

(助かった……)

迷子の山中で人に出会えたこと、それが美しい女性だったこと、草履ばきなのだから、近くに家か舗装道路があるに違いないこと。友哉の胸に希望が広がって、思わず頬がゆるみかけた。ところが、目の前で立ち止まった女は、少しも親しげではない。

「泥棒」

「え?」

「あなた、うちのお茶を盗みましたね」

「ここ、私有地なんですか?」

友哉は茶畑を見渡し、はずみで一枚、二枚、背中の竹籠から茶葉がこぼれた。

「ごめんなさい。私有地とは、知らなかったんです」

「ともかく、一緒に来てもらいますから」

友哉の腕をとらえたきゃしゃな指が、万力のように食い込んでくる。思わず悲鳴をあげた。それでいて、この美しい女にとらわれていることに、心のどこかでデレデレしてしまう。

「あの、痛いんですけど。離してくれませんか」

「そうはいきません」

茶畑から山ツツジのすき間を通り、ひどく凹凸のある隘路《あいろ》を、女は草履をはいた足で器用に歩いた。感心して見ているうちに、友哉は何度も転びそうになった。

行く手の小道は、高い木に絡みついたフジの群落にふさがれている。その紫の花のしげみへと、女は歩調も変えず進んだ。

「あの、その先は――」

ぶつかると云いかけたとき、女は空いている手で、フジの花穂を掻き分けた。

花の房は重たげに持ち上がり、その先には道路が横切っていた。フジの蔓がカーテンの役を果たして、すぐ前にある広い道を隠していたのだ。

「こんな坂道があったなんて、知らなかった」

絡み合う蔓のすき間を抜けて、友哉はその意外に整った坂道へと転がり出た。

(謎だ。この山も、この人も――)

友哉は背後にしげるフジの群落を見てから、坂道の下から上へと視線を泳がせた。

道路はふもとから急勾配をなして、真っ直ぐに安達ヶ丘の頂上へと通じているようだ。舗装こそされていないものの、クルマ二台がすれ違える幅がある。

「ここは、安達ヶ丘のへそなのよ」

女は初めて笑顔を見せた。えくぼが一つだけできた。

「へそって、中腹ということですか」

「そうね」

フジの咲いていた辺りから坂道を少し降りると、広場になっていた。

ふもとから通じる道路は、この踊り場のような土地でいったん傾斜をとめてから、また頂上へと坂をなしている。

雑木林でさんざんに迷ったことを思い返し、友哉は少しばかり口惜しくなった。

(こっちの道路を知ってたら、野宿の心配もしないで済んだのに)

その気持ちを読んだのか、女は目の端で友哉を見上げた。

「いらっしゃい、早く」

女に連れて行かれたのは、広場の端にたった一軒ある建物だった。

緑青色の外壁を持つその建物は、軒下に『日記堂』という筆文字の看板が下がっていた。

(日記堂……ってなに?)

二階には欄干《らんかん》を渡した広い窓があり、風変わりな丸い屋根の下に、本をあしらった飾りが彫り込んである。建築のことなど少しも知らない友哉だが、そのとてつもない古さだけは、一見して判った。

「あの――すごく」

「どうかしましたか？」

「ええと、ハイカラなお店ですね」

古建築には、ゆかしいほめ言葉を云わねばならない気がして、友哉は頭を使った。

「さあ、中に入ってちょうだいな」

腕を引っ張られた友哉は、敷居につまずいて、つんのめった。

そこは昔の商家の造りになっていた。

十畳ほどもある広い土間の先に、同じくらいの広さの板の間が続いている。この板の間に上がるには高い段差――上がり框《がまち》があり、ベンチ代わりに腰をおろすのに具合が良さそうだった。

（でもさ。どうして、おれはここに居るの――）

日本家屋特有のうす暗さに夕闇が加わり、空気が重かった。

「逃げちゃだめよ。逃げても追いかけて行きますからね」

女は不気味に云って、草履をぬぎざま高い框に上がる。

帳場に走り寄って、黒電話のダイヤルを回した。

（まるで映画のセットだ——そうじゃなかったら文化財だ）

実際、この店は古さのせいなのか、現実ばなれして見える。

磨き込まれた黒い床板、ネズミ色に変色した漆喰の壁、壁一面の書架、陳列ケースらしいガラス棚の歪み——。

棚や書架に収められていたのは、どれも紙の冊子だった。

和綴に草書を書き連ねたものから、教科書サイズのハードカバー、ハローキティがプリントされたノートなんてものもある。

近くの一冊を開いてみて、友哉は首を傾げた。青色のインクで、日付ごとに手書きの文章がつづられている。

（日記……？）

店にある冊子は、すべて日記帳だった。

友哉は手元の日記を見つめた後、店先に掛けられた『日記堂』という木の看板のことを思い出しながら、別の冊子に手をのばす。

「売り物に勝手にさわっちゃ駄目です」

ハタキの柄で手を打たれ、冊子を取り落とした。

「売り物を落とさないの」

「はい……」

友哉は打たれた手の甲をさすり、哀れっぽく相手を見つめた。

「今、親御さんに連絡したから」

「どうして、うちの番号を？」

「ふふ」

女は着物の袂から、友哉の携帯電話を取り出した。

「盗んだんですか！」

「茶畑に落ちていたのを、拾ってあげたのよ」

「それは——すみません」

友哉は携帯電話を受け取ると、パーカーのポケットに入れた。いまだに茶葉をつめた竹籠を背負っていることに気付き、決まり悪そうにゆかに降ろす。

「あの——茶畑が私有地だとは知らなかったんです。おれは未成年じゃありませんから、お茶は自分で弁償します」

「そうしてもらうわ」

女は笑った。目が弓の形になる。心がよく読めないけれど、きれいな笑顔だった。

「真っ暗ね」

女は電灯のスイッチを入れた。

暖色の灯りがともると同時に、柱時計が鳴り出す。

坂を登ってくるオート三輪の苦しげなエンジン音が、時計の時報に重なった。

2

「無事に戻れて良かったね」

オカルト雑誌のバックナンバーをめくりながら、真美《まみ》が云った。

江藤《えとう》真美。三浪した友哉からみて、二歳年下で一年先輩、芸術学部の二年生だ。

この春ようやく大学生になった友哉は、江藤真美のやや強引な勧誘によって、《地域研究会》というサークルに在籍することになった。

図書館棟に通じる階段の下、元は物置だった場所を部室にして、《地域研究会》はひっそりと活動している。《地域研究会》という名称は真面目だが、実質は野次馬的な都市伝説研究会であった。

「鹿野くんの白骨死体さがしツアーなんて、ちょっと避けたいもん」

「富士山の樹海じゃないんだから、白骨になんかならないって」

友哉は半分ふくれて、半分うれしそうに反論する。

うれしいのは、こうして話し込んでいる相手が江藤真美だから。

実際、六〇年代ファッションの似合うこの小柄な女子学生に、友哉はこっそりと恋をしていた。彼の恋は目下、優柔不断な人間が棚から落ちたぼた餅を持ってうろたえている、といった状態にある。

棚からぼた餅とは——真美の方が先に、友哉に対して好意的な態度をとってくれたことだ。不思議にも、友哉と真美はバス停や図書館や学食など、よく同じ場所に居合わせた。

——可愛い子だな。

そのうち、先方が友哉に話しかけてきた。

——文学部の鹿野くんですよね。よかったら、うちのサークル覗いて行きません？

クリーム色の短いサックドレス。ドレスとおそろいのベレー帽に、丸い耳飾り、光沢のある白いブーツ。クラシックでコケティッシュな服装をした真美は、どこか美人アンドロイドみたいな仕草で、小首をクククッ……と傾げた。

ヒュン！

友哉の心臓が、恋の矢に撃ち抜かれた瞬間だった。

しかし、友哉としても、一連の偶然がサークルの勧誘だったと思わないでもない。

（誰かが云ってたっけ）

——恋愛に限らず人間関係というのは、ツンデレじゃなくてデレツンが標準です。

後で恥かかないように。

(わかってるよ)

友哉は真美に誘われるまま《地域研究会》に入ったものの、やはり次の関門については悩み続けている。

(真美ちゃんに告白すべきか、否か)

真美は友哉にだけ格別好意的に接してくれている……ように思う。しかし、これを両想いととらえて告白したとして、もしも「勘違いしないで」なんて一蹴されたら……。友哉は今のほんのりとした幸福を、みすみす手放さなければならない。

「鹿野くん、お茶泥棒ってことで、警察に突き出されちゃったとか?」

繰り言のような悩みをよそに、真美は友哉の話の続きを待っている。

友哉はわれに返って「それは大丈夫だったけど」と、あいまいに言葉を切った。

「でも、親父まで呼び出されてさ」

友哉は不可解そうに口をとがらせ、「そこって日記屋なんだよね」と付け足した。

「ああ、安達ヶ丘の日記屋さん!」

真美はなぜか顔を輝かせて、小さな手を「パン!」と打ち合わせる。となりのテーブルで取材キャンプの打ち合わせをしていた一同が、同じ仕草でビクリと振り返った。

「今のなに？　ラップ音？」

先輩たちは心霊スポットの情報で盛り上がっているタイミングだったから、真美の無邪気な柏手《かしわで》も心霊現象みたいに感じたらしい。はずみで、広げた資料が落ちる。

「驚かせて、ごめん」

真美は一同に謝ってから、友哉に向き直った。

「それから、それから？　お父さんが登場して、どうなったわけ？」

＊

友哉の父は、三年前に脱サラならぬ脱医師をして、カフェを始めた。

カフェとはいっても、オート三輪の屋台である。

外科医として長らく病院に勤務し、「鹿野先生も、そろそろ開業か」とささやかれ出した頃、父は誰にも予想外な転身宣言をした。

「わたしは今度、病院を辞めて、オート三輪の屋台カフェを始めます」

父には学生時代から抱えていた、ひとつの疑問があった。

病んだ人のためにも健やかな人のためにも、もっと他にできることがあるんじゃないのか？　ぼくはそれをするべきじゃないのか？

四半世紀の間、その疑問は消えることがなかった。

ところがある時、ふと父は気付いたのだという。

人生万事、選択の自由は自分にある。

そう認識したときに、ずっと求めていた答は自然と浮かび上がった。

それが、オート三輪カフェ《ラプンツェル》だった。

「健康な肉体に健全な精神が宿る……かどうかはわからんが。健全な精神は、可能な範囲内で肉体の健康を保つとぼくは思う」

「病は気からってこと？」

友哉が尋ねると、父は息子と同じ形の眉毛を、少しだけ寄せて考え込んだ。

「いや、むしろ、健康は気からってことなんだ」

「でも、どうしてオート三輪で、カフェなのさ」

それは、オート三輪が好きだから。土の上で立ち止まり、深呼吸して、茶を飲むことこそが人の助けになると確信したから。

「母さんの意見も聞いてみなよ。でも、反対されても、落ち込まないでよ」

両親は大学の同期で、母は当時すでに鹿野レディスクリニックの院長をしていた。

友哉の予想に反して、母は伴侶の転身宣言に全く反対しなかった。

「オート三輪カフェなんて、可愛いじゃない。思い切って、やってみたらいいわ」

「母さんも賛成なんだ？」

両親の大胆さに眉をひそめた友哉だったが、医学部の入試に失敗して最初の浪人が決まった直後だったので発言は自粛した。

　それから三年後の春、父のオート三輪カフェ《ラプンツェル》の経営は軌道に乗り、友哉もようやく大学生になった。

　二年間、予備校に通い続けた一人息子に対して、父母は叱咤もしなければ、激励もしなかった。でも、進路を考え直せとも云わなかった。結局のところ二年間の浪人生活を経て、友哉は自分で心のかせを外し、更に一年浪人して好きな文学を学ぶことにしたのだ。

＊

「なあ、友哉。安達ヶ丘に、天然の茶畑があるそうなんだ」

　カフェを手伝う友哉に向かい、父がそう云ったのは今朝のことだった。

　父のオート三輪は、昭和四十四年製のマツダＫ３６０である。シンクやコンロや冷蔵庫など、カフェの設備を積んだ荷台は、可愛らしくもせまい。

　店主一人で満員になる《ラプンツェル》に、友哉が足しげく手伝いに来るのは、実のところ父の商売を心配してというばかりではなかった。オート三輪カフェは、ただ見ているだけでも面白い。

　男の隠れ家だね、と云ったのは常連の老紳士で、ドールハウスみたいね、とはその奥さんの意見だ。

散歩がてらよく立ち寄るこの老夫婦は、今朝も睦まじげに訪れた。濃紺の車体と同じ色のタイルで飾ったカウンターの前で、いつものタンポポコーヒーを注文した。

「安達ヶ丘っていったら、梓《アズサ》ちゃんの話を思い出すわ。あの子、安達ヶ丘で怖い目に遭ったって」

奥さんが、すぐに話に加わった。

老紳士は日曜特別メニューのチラシを手に取りながら、優しい声で妻に問いかける。

「確か、梓ちゃん、タケノコを採りに行って熊に追いかけられたそうだね」

「熊じゃないわよ、もっと怖いものですよ」

「マムシに咬まれたんだっけ？」

「いいえ。梓ちゃんが遭ったのは、もっと怖いものですよ」

タヌキに化かされた？　キツネに祟られた？　いいえ、もっと怖いものが居る。話はどんどん不思議な方に進むのだが、奥さんは「もっと怖いもの」としか云わない。どうやら、二人ともが梓ちゃんという人の体験談を忘れてしまったようなのだ。

「思い立ったが、吉日。梓ちゃんに電話して、確かめてみなくちゃ」

「こういうのも、吉日というものかね、おまえ」

二人の後ろ姿を見送ってから、父は最初の話に戻った。

「これ見てよ、友哉」

父は、市役所で出している観光パンフレットを持ってくる。

のどかなイラスト地図の真ん中に、円錐形の安達ヶ丘が描かれていた。カモミールやドクダミの花をちりばめた真ん中に、お茶の木が立ち並んでいる。星形をしたキラキラ模様が、くだんの天然茶葉の品質をアピールしていた。

「ね、友哉。安達ヶ丘の天然茶畑って、歴史的な銘茶らしいよ」

父は幼児が甘えるような目つきで、友哉の顔を上目に見た。

＊

こうして山に茶摘みに出かけた友哉は、和装の美女に見とがめられて、親まで呼びつけられる始末となった。《ラプンツェル》の手伝いとはいえ、二十歳を過ぎた男がお茶泥棒で親を呼ばれるなど――。

（あるまじきこと）

父はオート三輪を駆って、急な坂道を登って来た。

カフェの装備を積んだ古いオート三輪には、楽な登坂ではなかった。そんな離れ業をしてのけた父は、少しばかり武者震いをしていた。

「茶摘みを頼んだのは、父親のわたしなのです。どうか、今回ばかりは」

日記堂の戸口に立つなり興奮気味に謝る父は、言葉の途中で「おや？」と目をまたたかせた。その視線は、とらわれの息子を素通りして、日記堂の女店主に向いていた。

「いつかの日記屋さんじゃありませんか。ここで店を構えておいでとは、驚きました」

父は遠近両用のメガネを上げ下げしながら、店の中に入って来る。現れた時の思い詰めた表情は消えて、親しげな笑いさえ浮かべていた。

「お久しぶりです。今日は驚かせて、ごめんなさいね」

日記堂の店主は、父に向かって上がり框に腰掛けるようにすすめ、友哉の摘んだ大量の茶葉を目で示した。まつげの長い目が笑って、きれいな弓の形になっている。

二人が旧知の間柄とは知らなかった友哉は、ひどく驚いた。

「茶葉の代わりに、息子さんが日記堂の手伝いをしてくれるということで、話が決まったところなんですけど。お父さまも了解してくださるかしら？」

女店主がそんなことを云い出すので、友哉は慌てた。

弁償するとは云ったが、働いて返すなどと約束した覚えはない。

友哉は反論しようとするのだが、どうしたわけか言葉がのどにつかえて出てこなかった。そうするうちにも、父と女店主のやり取りは進んでゆく。

「それじゃあ、友哉くんには次の土曜日から来てもらうわね」

友哉の都合はそっちのけで、話は決まっていた。

「ご面倒をかけますが、こいつのことも、よろしくお願いします」

友哉の頭を無理にさげさせながら、父は居住まいをただす。

こいつのこともとは、どういうことだ？

他にも、この日記堂にかかわった者が居るということか？

それは邂逅を懐かしがっている父自身ではないのか？

言葉はのど元につまるばかりで、友哉は何も云えないままに安達ヶ丘を降りた。

＊

「なぁんだ、鹿野くんのお父さんと店長さんは知り合いだったの」

「そうみたいなんだ」

友哉は今さらながらに、拍子抜けした気分と、何かの罠にかかったような不気味さを漠然とかみしめている。

真美は、となりのテーブルから観光パンフレットを取り上げ、きれいな爪をかばうような仕草でページをめくった。パンフレットは、父に見せられたのと同じものだった。

「確かに、安達ヶ丘はいろんな薬草が自生していることで有名なのよ。だけど、山の持ち主が厳しくて、研究者でもなかなか入れてもらえないんだって。ほら」

記憶にあるイラストの下、小さな文字で〝許可なく立ち入ることを、固く、固く、固く禁じます〟と記されている。父と二人で眺めたときには、ともに見落としていた。

「固く固くって……そんなにも、禁じてたんだ」

「あのねえ、鹿野くん。小学校のときに聞いた話なんだけど、安達ヶ丘の下に幽霊城があるんだって」

真美は、例の美人アンドロイドがクククッ……と小首を動かすようなかっこうで友哉を見る。心臓に恋の矢を受けながら、友哉は「本当に？」と聞きかえした。

「う・そ」

すかさず付けくわえて、真美は笑った。

「さっき白骨の話したでしょ。そしたら鹿野くん、富士山じゃないんだからって云ったよね。——でもね、安達ヶ丘って富士山とそっくりの同じ形をしているんだって。低いから森林限界とかなくて、薬草の宝庫で、雑木林だらけだし、見た感じだけだと富士山と同じかどうかなんてわからないけど。そういうのを刈り取った地面だけは、富士山の小っちゃい版なんだって」

「本当に？」

「たぶん、うそ。これも都市伝説」

ピンクのグロスの唇が、プルンと笑った。

「でも、あの日記屋さんでバイトするなんてうらやましいなあ。わたし、前から一度行ってみたかったんだよね。なんて云うのかな、地域研究会の血が騒ぐというか」

そのわりには、真美は他の部員に聞かせないように声をひそめた。

「あそこに行ったら、人生が変わる日記に出会える予感がするの。でも、ちょっと敷居が高そうでしょ。一見さんお断り、みたいな雰囲気もあるし」

「確かに、古めかしいし照明も暗くて入りづらいかな」

日記堂の重苦しい様子を思い出した友哉だが、続く真美の言葉で現金に舞い上がる。

「鹿野くんがバイトに行くとき、わたしも連れて行ってもらえたら嬉しいなあ。バイトさんのおともなら、わたしでもお店に入れそうだもの」

「本当？　怪談みたいなところだけど？」

怪談の一語に反応して、真美は目を輝かせる。

「そうだ、そうだ。怪談と云えばさぁ。小学校の頃とかに、聞いたただけで死ぬ言葉――なんてのがはやらなかった？」

「そんな言葉、聞かせないでくれよ」

「聞かせないよ。だって、云ったときにわたしの耳にも聞こえちゃって、わたしも死んじゃうじゃん。いや、その前に、記憶しているだけで死ぬのかな。じゃ、死なばもろともってことで、教えちゃおうか」

「おれは聞きません——聞かないからね」

「鹿野くんて、意外と怖がりだよね」

ククク……と小首をかしげて、真美は楽しげに云った。

3

土曜の午後、友哉は真美と連れだって、日記堂へ続く坂道を登っていた。

「この坂は、飛坂《とびざか》って云うの。途中から立ち入り禁止になっているらしいけど、坂道自体は安達ヶ丘の頂上まで伸びているみたい」

真美は短いワンピースや高いヒールをものともせず、急勾配を登って行く。

遠慮して歩調をおさえている友哉は、数歩ごとに追いかけるかっこうになった。

「安達ヶ丘も安達ヶ原も、むかしは安達さんってお金持ちの土地だったんだって。安達ヶ原は明治になって安達さんの所有じゃなくなったけど、安達ヶ丘の方は今でもずっと私有地なんだよ」

「安達さんの?」

「その安達さん、うちの大学の名誉理事もしているそうな」

安達ヶ丘は、安達ヶ原ニュータウンの真ん中に鎮座する小山だ。

ほぼ完全な円形をなす安達ヶ原ニュータウンと、中央にある安達ヶ丘。一帯の地形は、麦わら帽子に似ていた。

安達ヶ丘は低い山だが、昔はこの世ならぬ場所と信じられ、頂上と下界とを結ぶ飛坂は、冥界への通路とされていたらしい。

「あの店長も、安達っていうのかな」

友哉がつぶやいた。

＊

日記堂の女店主は、安達とは名乗らなかった。

「紀猩子《きのしょうこ》といいます」

厚手の和紙に手書きで書いた名刺を、友哉と真美に手渡してくれる。

崩した筆文字が読めずにいると、真美が一文字一文字を指さし説明した。

「……これが、紀貫之の紀。こっちは猩々の猩」

小さい爪が可愛くて、友哉はついつい上の空になる。

「ショウジョウ？」

「ケモノヘンに星。お能の演目にも、あるんだよ」

友哉たちのやりとりを聞きながら、女店主は茶道具を出してきた。

「ふたりとも、こちらにどうぞ」

紀猩子は、先週とはうって変わってにこやかだった。着ている着物も木綿混じりの淡い水色で、日射しの具合もあるのか、初対面の時より柔和に見える。

「今、おいしいお茶をいれますからね」

小振りで真ん丸な急須に、鉄瓶のお湯を注いだ。これは中国の茶道具で、茶壺《チャーフー》というのだと猩子は云った。

「鹿野くんも、上がらせてもらったら？」

「は——はい」

スニーカーを脱いで板の間に上がり、猩子からお茶を受け取った。白磁の器に映えるうす茶色の液体から、ふくよかな湯気が立っている。

「これね、あなたのお父さんがつくってくれたの。あの時に、友哉くんが摘んだお茶よ。あるったけ使ってたくさんできたから、しばらくは美味しいお茶がいただけるわ」

「あの茶葉、親父が全部加工して、それで全部返したんですか？」

「そうなの。毎年放ったらかしておくだけの茶畑だし、もうけちゃった」

「ええ？」

だったら、自分はここで働かされる理由がないではないか。そう云おうとしたが、お茶を一口飲んだ真美が先に口を開く。

「おいしい。これって、中国の白茶《バイチャ》じゃないですか？」

うなずく猩子は、目を弓の形に微笑ませて友哉を見た。

「こちらのお嬢さんは？」

「え？」

友哉は変に緊張して口ごもる。

サークルの先輩です。（素っ気なさすぎる？）——友だちです。（万一それ以上に思われてたら、がっかりさせる）——彼女です。（そんなこと云えない）

言葉がのどに詰まった友哉の代わりに、真美はさらりと自己紹介をした。

「わたし、こちらの鹿野さんと同じ大学で、芸術学部二年の江藤真美といいます。絵の勉強をしているんですけど、芸術の素みたいなのが読みたくて、そういう日記があったらなあと思って、来ました」

「芸術の素？」

「ええ。音楽でも美術でも文学でも、わたしたちが接することができるのは、芸術家の作品ですよね。でも、芸術作品って、生まれる前はどんな形なのかなあって思って。芸術家が日記を書くとしたら、音楽とか美術みたいな形をとる前の、芸術の素みたいなものを書いていると思うんです。そういうの読んだら、わたし、人生がパーッと開けそうな気がするんですよね」

「なるほど。芸術の素、ね。それじゃあ――」

猩子の顔に店主らしい真剣さがあらわれ、壁を埋めつくす書架を見渡した。

「これなんか、ちょうどいいかも知れないわ」

猩子がかたわらの踏み台を持ち上げたとき、まったく出し抜けに、大勢の人間が店に入って来た。

「きゃ」

真美と友哉が似たようなかっこうで後ずさったのは、それが黒ずくめの集団だったからである。老若男女の入り交じった黒衣の人たちは、全員が怒った顔をしていた。

「い……らっしゃいませ」

今日からここで働くことを思い出した友哉は、ぎこちない挨拶をする。改めてよく見れば、彼らが身に着けていたのは、ごく当たり前の喪服だった。

(喪服ってことは、葬式か法事の帰り?)

親戚なのだろう。何人かはそっくりな横幅のある骨格で、四角ばった顔、特徴のある鷲鼻の持ち主だった。

「もしもし、ちょっと」

一同の代表らしい中年の男が、猩子に手招きをする。

「はい」

猩子はお客たちに向き直ると、上がり框のへりに膝をついて座った。

喪服の一同は、それぞれが厳しい顔で店内を見渡している。猩子を呼んだ男は、内緒話をするように小声でしゃべった。

「われわれは、探し物をしているのだが」

ささやく声は、いがらっぽく好戦的で、小声なのに店内に響き渡る。

逃げるように店のすみに来た友哉に、真美が耳打ちをした。

「ねえ、鹿野くん。──あの人たち、香取虎一《かとりとらいち》の遺族だよ。おととい、歯医者さんで週刊誌見たんだけど、遺産相続でもめてるんだって」

「香取虎一って？」

「有名な洋画家で、先月亡くなったの。きっと今日が、四十九日の法要なのかも」

友哉たちが話している後ろで、黒衣の人たちは、めいめいに口を開きだした。

「主人の日記を買い取りに来たんです。あの人は遺言日記というのを、確かにつけていたはずなのよ」

「そう。父は財産をたてに、ぼくたち家族を翻弄して楽しんでいたんです」

「義兄さん。そんなこと、ここで云わなくても……」

「いいじゃないの。とっくにマスコミにも書かれてるわよ」

「香取虎一って人はね、定期的に遺言を書き換える癖がありましてね。遺産相続において、われわれ血縁を弄んでいたんですよ。毎回別の誰かを有利に、誰かを不利に。こちらの一喜一憂する顔を見て、楽しんでいたわけです。まったく悪趣味な話だ」

最初はひそひそ云っていた人も、しだいに声が大きくなる。

「最終的な遺産配分を書いた遺言があるはずなんだ」

「弁護士の話じゃ、最後の遺言は日記に書かれていたんだそうです。秘書が、親父に頼まれて、こちらに持ち込んだ。そこまでは、調べがついているんですからね」

その遺言日記というものを、すぐに返してくれ。もちろん、タダとは云わない。しかし、下手に故人に義理立てして隠したりすると、こちらも出るところに出る準備はある——。

話はどんどんケンカ腰になってゆく。

まずい雰囲気だね、と友哉たちが目配せをし合ったとき、遠くの方で空気が鳴った。

ズシッ……。

「亡くなった後まで、こんな思いをさせられるなんて。計算ちがいも、いいところよ」

「あの老人には悪たれる暇もなく、早々にくたばってほしかったね」

ズシッ……、ズシッ……。

重い物音は確かなリズムをきざみながら、少しずつ大きくなった。

日記のことで興奮する黒衣の人たちも、それに気付いて顔を上げる。

「この音、なにかしら？」

「むかし読んだ本に、こんな感じの場面があったよ。一度埋葬された人が墓からよみがえり、家族に仕返しに来るの。ちょうど、こんな足音がズシッ……、ズシッ……と」

真美が友哉の耳元にささやいた声は、神経をとがらせている香取家の全員に届いてしまった。

「もしや」

一番あしざまに云っていた未亡人が、両手で口をおおう。問題の悪たれ亭主が、悪口に腹をたてて地獄からもどって来た――？　香取家の皆が、同じことを思ったのが、友哉にもわかった。

ズ・シ……。

折しも、足音はひときわ大きな響きを立てて止まった。店の前まで来たのだ。

友哉も真美も香取家の皆も、一様に身をこわばらせて、音の消えた方を見る。

「何？」

日記堂のガラス戸の前に、ピラミッドに脚が生えたような実に奇っ怪なシルエットが立ちはだかっていた。それはまるで、特撮ヒーロー物なんかに出てくる敵キャラ・日記怪人とでもいう姿のものだった。

「誰？」

友哉は反射的に真美を背中にかばって、身を乗り出す。ひと呼吸してようやく、それが大量の日記を抱えた筋骨たくましい人間なのだと気付いた。

「友哉くん、戸を開けてあげて」

ただひとり慣れた顔色の猩子が、手振りで指図をよこした。

友哉は慌てて戸口に走ると、すこしきしむガラス戸を手間取りながら開ける。

「ありがとう」

大量の日記を抱えた筋骨たくましい男が、友哉の頭ひとつ分ほど高い場所から、遠雷のように野太い声で云った。

その人物は、おそろしく長身で肩幅が広く、全身が筋肉細胞のみでできているような体格をしていた。まるでアメリカンコミックの超人ヒーローを実写化したみたいな風貌なのに、なぜか郵便配達員の制服を着ている。

「小包です」

友哉を見下ろし、超人ヒーローに似た郵便配達員は、また遠雷のような声で云う。

とうてい小包みなどと云える規模ではない荷物を手渡されそうになり、友哉は後ずさりながら超人ヒーローを店内に招き入れた。

ズシッ、ズシッ、ズシッと土間を横切り、郵便配達員は板の間に荷物を降ろす。

土間にたたずむ友哉と、板の間に居る猩子たちの間に日記の小山ができて、互いの姿が隠れてしまった。

「…………」

香取家の人たちは言葉を失い、ただ呆然と郵便配達員の一挙一動を目で追っている。埋葬の済んだ故人に化けて出られるのも怖いが、この超人ヒーローみたいな人物の登場も、皆を圧倒するには充分だった。

「うちの配達主任から、あんたにプレゼントをあずかって来た」

超人ヒーローの郵便配達員は胸ポケットから小さな箱を取り出すと、日記の山かげに居る猩子に手渡す。

それは抱えてきた大荷物に比べ、そして筋肉みなぎる男の姿に比べて、あまりに可愛らしく乙女チックな代物だった。五センチ四方ほどの真四角な包みに、金糸を縒《よ》った細いリボンが結んである。

「パパから？」

受け取った猩子は、すこし迷惑そうな顔をした。

猩子ちゃんへ。

退屈したとき、使ってみるといいかも。——登天《とうてん》。


「鬼塚《おにづか》さん、パパに云っといてくださる？」

鬼塚という名であるらしい超人ヒーローに向かって、猩子は機嫌をそこねたようにつんけんと云う。青い袖から伸びた手が、鬼塚氏によって運ばれた日記の小山をさしていた。

「これを全部読まなきゃならないわたしの、どこが退屈なのかしら。それもこれも、全部パパのせいなのよ」

「そう伝えよう」

鬼塚氏は、猩子のとげとげしさなどまるで意に介さない様子で、ただ力強く答える。

「他に用はあるか？」

「あちらのを、いつもの場所に片付けてくださる？」

指さす帳場のわきには、大型の木箱が置かれていた。

「あ。長持唄のながもちだ！」

真美が友哉の肩をつかんで、驚いたようにささやいた。

ながもちとは江戸時代ころから使われだした衣装箱で、嫁入り道具を運ぶときなどに使われた。そんな晴れの日には、長持唄という民謡を歌って祝ったのだという。

「真美ちゃんって、本当にいろんなこと知ってるよね」

感心しながら眺めるうちにも、鬼塚氏は板の間に上がり込み、憮然とそのながもちを見下ろしている。実際それは分厚い板を組んだ木箱で、頑丈なふたまで付いていた。おまけに、中にはぎっしりと日記が詰め込まれているらしい。

(重っそう……)

友哉は、思わず自分の肩を押さえる。

しかし鬼塚氏は、それを出前のおかもち程度の軽々しさで担ぎあげた。「よいしょ」のかけ声すらないが、足を運ぶごとに床板がきしむので、その重さのほどがうかがえる。土間に降りて編み上げの靴をはく時など、片手で荷物を押さえて器用にヒモを結ぶ姿に、皆は拍手さえしたほどだ。

拍手に気を良くしたのか、鬼塚氏はあごの筋肉をうごかして微笑した。

「ご一同。いざ、ごきげんよう」

「戸を開けます、待ってください」

古さできしむ戸を友哉が大慌てで開き、まるで自動ドアを通るような要領で鬼塚氏は店を出た。

(この人——鬼塚さん、開けるの遅れたら、戸をぶち破っちゃったかも)

そんなことを考えながら見送った鬼塚氏は、真美の云った長持唄らしい民謡をうたいながら、ふもととは逆方向——坂の上へと登って行く。

飛坂が安達ヶ丘の頂上に通じているとは、さっき真美から聞いたが——。

なにゆえ、頂上の方へ?

頂上には、なにがあるのか?

追いかけて尋ねてみるには、超人ヒーローの脚はあまりに速すぎた。ズシッ、ズシッという地鳴りと長持唄が、遠ざかってもなお友哉の鼓膜を低く打ち続けた。

「そんな——そんなことより、われわれの探している日記はどうなったのだ!」

日記を担いだ風神雷神のような鬼塚氏が去り、店内では一時停止状態におちいっていた香取家の人たちが復活していた。

「親父があんたに何と云ってたのかは知らんが、こちらも引き下がる気はない」

香取家の人たちは、われに返ったように怖い声を出す。

今日から日記堂で働くことになった友哉は、この手強そうなお客たちをくい止めるのは自分の仕事、とばかりに急いで店に戻った。

「探してみます」

お客たちとは対照的に、猩子は涼しげに立ち上がる。書架のある壁をあっちへこっちへと往復しながら、話題の遺言日記を探し始めた。

見守る一同は苛々をつのらせ、涙を流したり、物騒な言葉までこぼし始める。

(なんか、大変そうだな)

猩子は和装らしい優雅さで書架を探し回っているし、真美は奥に姿を消してしまった。

猩子を手伝うべきか、真美にならって席を外すべきか悩んでいると、当の真美はすぐに戻って来た。大きなお盆に、白磁の茶碗がいくつも載っている。

「あの――これ白茶って云うんですけど」

真美はぎこちない手付きで、店の土間にたたずむ客たちに茶をふるまった。

「中国の皇帝も愛飲していたお茶なんです。今話題になっているカフェの店長が、特別な茶葉を使って手作りしたんですよ」

「それは珍しい」

「貴重なものを、わざわざありがとう」

興奮していた黒衣の一同は、毒気を抜かれた面持ちで茶碗を手に取った。お茶を口にすると、やはり美味しかったのだろう、顔から険がとれる。

場がなごんだ頃合いで、真美は香取虎一という画家を彼女らしい言葉でほめた。

「わたしは大学で絵を習っているんですけど、今の進路を決めたのは香取先生の作品を見たのがきっかけなんです。本物じゃなくて、中学の美術の教科書でしたけど」

「まあ、教科書に」

香取家の人たちは、いっせいに真美を見る。

「あんな意地悪じいさんだもの。それくらいの仕事は、してくれなけりゃ」

一番に若く見える髭の男が云うと、皆はまんざらでもなさそうに同意した。

実際、真美のいれたお茶とひかえめなおしゃべりは、ちょっとした魔法みたいな効果をもたらした。香取家の人たちの憤懣は、高名な芸術家の縁者だという自尊心へと入れ替わったのである。

「伯父さんは、うちに来るといつも猫をデッサンしてたわ。動物なんて興味ない人だったけど、うちの猫だけは特別扱いなのよ」

「ぼくは昔、よくキャッチボールなんかで遊んでもらったよ。香取虎一とキャッチボールした人間なんて、そうザラに居るもんじゃないぜ」

香取家の人たちは、我がちに故人とのエピソードを披露し始める。

それが盛り上がってきた頃、猩子が踏み台から降りた。

「あいにくではございますが、皆さまのお探しの日記が見当らないようなのです。次にお越しの時までには、きっと見付けておきましょうから、日を改めておいでいただけませんかしら」

香取家の人たちは、不満こそ口に出したが、結局は肩をすくめる程度にうなずいた。

「しょうがないわね」

「親父には、どこまでも翻弄されるよ」

ぼやきながら店を出る一同を見送ってから、猩子はそそくさと戻って来た。

「ありがとう、真美ちゃん。助かったわ」

「どういたしまして。わたし、香取虎一の作品が好きってのは、本当なんですよ」

真美が茶碗を片付け始めると、喪服の一行と入れ替わるタイミングで別のお客が来た。

4

その人は香取一族とはまるで違った、世間ずれした実業家風の中年男だった。丸い体型に合った夏物のスーツを着て、オーダーメイドらしい革靴を輝かせている。

「こちらに来るのは、はじめてなんだけど。いいかな?」

新来のお客は、黒衣の団体に興味を引かれたらしく、敷居をまたいでからも坂の方を振り返った。

「今の人たちは、見たことがあるような――」

そう云うこの人もまた、どこかで見た気がすると友哉は思った。

(でも、誰なのか思い出せない……)

特徴のある姿を、もどかしい心地で観察する。

彼は顔も体型も、まったく福々しい人物だった。白髪混じりの髪を短く刈ってソフトモヒカンにしているのが、不思議なくらい似合っていた。あんパンを二つくっつけたような頰もまた、いかにも愛嬌がある。

「こちらでは、読めば人生がパーッと開ける書物を売ってくださるとか」

ソフトモヒカンの紳士は、真美が云ったのと同じ言葉を使った。

「パ、パ、パーッと、心の暗雲を吹き飛ばして欲しいんだけど」

胸の前で手を組み合わせ、「パ、パ、パーッ」のところで短い腕を上向きに開く。

「元気が出る日記を、お読みになりたいの?」

猩子が茶碗を片付けながら応じた。流れるような所作で立ち上がると、奥から紅茶のポットを出してくる。

「そう。ぼくはこれまで、猪突猛進、馬車馬のごとく働いてきたんだけどね。ここに来て、ふと思った。本当にぼくの人生、これで良かったのか? ぼくがしてきたのは、意味のあることだったのか？　そう思い始めたら、夜もよく眠れないし、変に動悸がする。もし両親が居たら、ここはガツンと叱咤激励してほしいんだけど、あいにくと若いうちに二人とも他界してましてね」

「紅茶はいかが？」

猩子が紅茶にマーマレードを添えて出すと、ソフトモヒカンの紳士は明るい顔をさらに明るくした。手をこすり合わせ、紅茶の中にたっぷりとマーマレードを落とす。

「日記の販売とは、珍しい商売もあるもんだね。目の付け所が良い……と云いたいところだけど、失礼ながら、こういう珍しいことして商売成り立つ？」

実際、失礼な質問だったのに、この小太りの紳士が云うと角が立たない。

「日記を必要とされる人は、多いんですよ」

猩子は革張りの古い日記を取り出して、きれいに微笑んだ。

「日記に書かれているのは、大体は退屈な日常です。――何を食べたか、誰に会ったか、掃除が面倒だ、旅行した時に買ったお気に入りの瀬戸物が壊れた。退屈な日記は、幸せの記録です。読んでいると、気持ちが落ち着くものですよ。日記に書かれた誰かの日常が、読んだ人に寄り添ってくれるのです。

それとは逆に、自分と同じ境遇にある人の日記を読むのも、気が休まります。行間に同じ悩みを見いだし、不毛な日常に共感することで、実際には少しも良い変化がなくても大いに安心するんです」

「その安心が、良い変化なのかも」

友哉が口をはさむと、猩子はうなずいた。

「日記を読むことには、この二つの効果があるんです」

一方、ここに日記を持ち込む人には、また別の意図がある。

「日記は、どんな書物よりも新鮮です。たとえ、古いものでも、新鮮なんですよ」

「ええと、どういう意味かな」

ソフトモヒカンの紳士は、真剣に聞いている。

「日記とは純粋な人生の記録で、インターネットのブログとも、冊子に仕上げた自分史とも別ものです。ブログも自分史も、誰かに読まれることを前提に書かれているけれど、日記は自分だけの記録ですからね」

猩子はいったん言葉を切って「だから、日記には言霊《ことだま》がこもりやすい」と、低い声でつぶやいた。聞いた友哉はわけもなく、背筋がぞくりとする。

「言霊ですか？」

ソフトモヒカン氏はおかしそうに聞き返し、猩子もきれいな作り笑いをした。

「日記はひとには、読まれたくないものです。それと同時に、真剣な存在証明なのです。だからこそ、日記を書くのをやめた後、あるいは亡くなった後のことを考えても、その日記を処分するのは、抵抗があるんですよ」

「確かに、そのとおりだね。こう見えて、ぼくだってここ数年は日記を書いているんだ。しかし、他人に見られるのはマズイ。そうかと云って、捨てたりするのはいやだよなあ。ぼくなりに、一所懸命に書いたものだからさ」

「そうでしょうとも」

猩子は実感をこめて、あいづちを打つ。

「日記は、毎日にせよ、月に一度程度にせよ、エネルギーを傾けて書いた人生の記録です。たとえ家族や知り合いにでも、無断で読まれることには抵抗がありましょう。だけど、読むにふさわしい誰かに譲ることができたら、幸せなことですよね」

「幸せ、か」

ソフトモヒカンの紳士は木製のスプーンを持ち上げると、カップの底に残ったマーマレードをていねいに口に運んだ。

「甘い――甘い」

紳士は、苦そうな顔でそう繰り返す。

猩子は相手の様子を見守ってから、膝の上に置いた革張りの日記を手渡した。

「お代は、読んで満足した後で結構ですよ」

「なんと、良心的な。あなたは姿ばかりか、心根も美しい」

日記を手に持ったソフトモヒカンの紳士は、元どおり調子の良いおじさんに戻った。しかし、渡された日記をすぐに開こうとはせず、革の表紙ばかりをじっと見つめる。

「もう少し考えてみようかな。ぼくが、ひとさまの日記を読むべき人間かどうかを」

「それもまた、賢明な分別かも知れません。おみそれいたします」

「そんな風に云ってもらうと、なんだか照れるけどね」

受け取った日記を猩子に返し、勢いよく立ち上がる。顔を前に、おしりを後ろに突き出すようなお辞儀が、ぷっつりした体型に似合って愛嬌が倍増する。ソフトモヒカンの紳士は、そんな風にピエロみたいにお辞儀して、感じの良い作り笑いをした。

「では、皆さん。おじゃまさま」

「いつでもまた、お越しください」

猩子は微笑みを返し、友哉はぎこちなく会釈をする。

「その時は、よろしく」

紳士は弾むような足取りで戸口まで行き、もう一度振り返って会釈をすると、颯爽と飛坂を降りて行った。

「中年の危機にしては、元気なおじさんでしたね」

台所から、洗い物を済ませた真美が戻って来た。

台所は長い土間になっていて、奥には猩子の住いが続いているらしい。年季の入った招き猫が、棚の上から金色の目でこちらをにらんでいた。

「中年の危機って何？」

「おじさんの思春期みたいなものよ」

猩子が答える。

「それまで懸命に働いてきた人が、中年に差し掛かった頃にぶつかる壁ね。人生の後半に直面して、昨日に続く明日を思った時に、このままで良いのだろうか……って思っちゃうの。それで落ち込んだり、原因不明の病気になったり」

「でも、今の人は元気そうでしたけど」

イチゴ模様のハンカチで手を拭きながら、真美が云った。

猩子はそれには答えず、マーマレードの瓶を持ち上げてからお盆に戻す。

そのますっと腕を伸ばして、古びていかつい日記帳を書架から引き抜いた。元の色が判別できないくらい、古く退色した武骨な代物である。

「真美さんの、人生がパーッと開ける日記はこちらになります」

「わあ」

ページのすき間にシミムシがいそうな冊子を、真美は嬉しそうに受け取った。横からのぞくと、ヒエログリフ級に読みづらい文字が並んでいる。

「誰の日記なんだろう。全然名前が書いてないけど――」

一文字を判読するだけで大変そうな文章を、早くも熱中して読んでいる真美の様子に、友哉は感心した。

「日記は純粋にプライベートなものだから、自分の名前を書かない人が多いのよ。身近な人のことも、イニシャルで済ませてたりして。――自分だけ判ればいいから、省略しているのかも知れない。それとも、他人に読まれることを前提として、人物が特定されるのを避けているのかしら。どっちにしても、無意識のなせるワザね」

「そういえば、そのとおりですね」

真美は光沢のあるショルダーバッグに、日記をおさめた。

「お代は、読んで満足してからでいいわ」

「わあ。ありがとうございます。じゃあ、わたしもそろそろ失礼します」

先のお客も同じことを云われたのを聞いていたが、真美もやはり喜んで目を細くする。猩子にていねいなお辞儀をして、友哉には手を振って店を出て行った。

もう少し一緒に居られるものと思っていた友哉は、急に気が抜けてしまう。

後ろ姿を見送っていると、いつの間にかそばに来ていた猩子がため息をついた。

「彼女、よく気が付く子ね。あの子がうちで働いてくれたらいいのに」

猩子は、あからさまに不満げだった。

「おれだって、別にここで働きたいわけじゃ……」

「いいから、いらっしゃい」

不平には耳を貸さず、猩子は友哉の腕をつかんだ。初対面の時も驚いたが、猩子は外見からは想像もつかないほど力が強い。上背のある友哉を引きずる勢いで、店舗のわきを通り、裏庭に連れて行った。

「いてて……」

正面から見ると箱形の店舗にしか見えない日記堂だが、雑木林を借景に、野趣に富む庭と日本家屋が続いていた。二棟の書物蔵をしたがえた白壁の屋敷には、雨戸一枚につけ、急ごしらえのものがない。

「感じのいい家ですね」

「ありがとう」

苔の中に浮かんだような飛び石を踏み、青々としたモミジの木陰をくぐって、猩子はようやく手を離した。そこには納屋があり、薪が積み重ねられている。

「今日は初日だから、あんまり無理しないでね」

指さす先には、間伐した丸太が積み上げられ、太い切り株に斧が一丁刺さっていた。

「あの――これは、どういうことですか？」

おそるおそる尋ねる友哉を見上げ、猩子はまぶしそうに目を細めた。

「見てのとおり、あなたの仕事ですよ」

「もう五月なのに、どうして薪割りなんですか?」

「わたし、お風呂は薪で沸かすの。薪のお風呂はいいわよ。お湯が柔らかいんだから」

「そんなの、おれ、知りませんよ」

「文句云わない。お茶泥棒で警察に行きたいの?」

急に怖い声で云うと、猩子は突っ掛け草履を鳴らして、店に戻ってしまった。

「だって、お茶は返したじゃないか……」

友哉は生まれて初めて斧というものを握り、生まれて初めて薪を割った。

最初は難儀したが、斧を振るう要領が判ってくると楽しくなる。薪の割れるリズムが、耳にも体にも心地よく響いた。

——チョッピリィイイ。

鳥の声が、時たま人の言葉に聞こえて、おかしくなった。

(さっきの猛烈な郵便配達の人、鬼塚さんて云ったっけ。あの人なら、薪割りなんてチョチョイだろうな)

真美と一緒に休日のひとときを過ごしたこと、香取家の猛烈な面々、もっと猛烈な鬼塚氏のこと。慣れない仕事でかいた汗を冷やしながら、友哉は非常に濃かったこの何時間かを回想した。

けれど濃縮還元された思いの中でも、ひときわ印象深いのは日記堂店主のことだ。

(猩子さんのお父さんって、配達主任って呼ばれてたけど。つまり、郵便局の人なんだ？　猩子さんはパパなんて云ってたっけ。――なんだか普通っぽくて意外)

つい笑う友哉の周囲には、すでに薪の山ができていた。

「ふう」

割り散らかした薪を納屋の壁にそって積み上げ、あらためて深呼吸をする。

理不尽な仕事をさせられたという不満を差し引いても、雑木林と一体になった庭で汗を流し、乾いた風に吹かれるのは心地よかった。

(確かに、薪の風呂って気持ちいいだろうな)

――チョッピリイイイ。

頭上で啼く面白い声の野鳥に見送られながら、友哉は日記堂の店に戻った。

「お疲れさま」

戸外より先に暗くなった店内には、すでに灯りが点っていた。行灯型の間接照明が、赤っぽい光を放っている。その光に照らされて、書架の一隅に可愛らしいガラス瓶が光っていた。瓶の中には、真珠色の粉が入っている。

「ああ、それ。父からのプレゼント。貝殻を砕いたものなんですって」

友哉の視線に気付いて、猩子は無造作に持ち上げてみせる。桃色とも銀色とも空色ともつかず、流れるようにあいまいで美しい色彩は、夕刻の太陽が入り込む海の色である。

「すごい、きれいだ」

「ゆっくり、ごらんなさい」

ぞんざいに手渡され、友哉は慌てて両手を差し出す。

「うちの父、ときどき、こういう少女趣味なものを送ってよこして、わたしの機嫌とろうとするのよ。もう、うざったくて」

猩子は、反抗期の中学生みたいに云った。

「猩子さんのお父さんは、郵便局にお勤めなんですか？」

「ええ。あの人、かなり長生きだから」

そんな長生きなら、定年退職しているのでは？　そう云いかけた友哉の、木っ端や埃で汚れた姿を見て、猩子は「あら、あら」と笑った。

着物の袂からてぬぐいを出して、額の汗を拭いてくれる。

友哉のこわばった顔の下で、不思議な幸福感がくすぶった。てぬぐいの木綿の感触が、ひどく心地良い。

「そう云えば、あなたも日記が必要なのでしょう」

「おれが、ですか？」

「良かったら、この日記を読んでごらんなさい」

言葉が優しいわりに、強引に押し付けてよこしたのは一冊の大学ノートだった。ひどく古いもので、表紙の角が折れて、全体が黄ばんでいた。

『ためらひ日記』

鉛筆書きで書かれたタイトルをさして、猩子は同情するように友哉を見る。

「いろんな人を好きになってしまう、優柔不断なひとの日記です。好きな人に告白できなくて、両想いなのか確かめることもできなくて、他にもあこがれる人が居て――」

友哉は海色の粉の小瓶を返し、『ためらひ日記』を胸にかかえる。奇しくも、そのタイトルにふさわしく、友哉は古風なヒロインのごとくよろめいた。

（おれが真美ちゃんを好きなことも、猩子さんにちょっとあこがれちゃってることも……見抜かれている？）

「よし、よし」

猩子は急におばさんじみた様子で友哉の頭をなで、それが本当におばさんじみていたにもかかわらず、友哉は赤くなった。

5

オート三輪カフェ《ラプンツェル》は、日曜は決まって公園の東の端で店開きする。

公園のフェンスと道路をはさんで見えるコーラルピンクの建物が、母が開業する鹿野レディスクリニックで、友哉の実家はその隣にこぢんまりと建っている。

クリニックの外壁はともかく、家までピンク色にしてしまったのは母だ。家の壁と物置小屋の壁も、それぞれ濃さの違ったピンク色で、全体を見ると良くも悪くも圧倒的なグラデーションをなしている。

——だって、ピンクって可愛いでしょ。

そんな母は、日曜ごとに《ラプンツェル》を手伝うのを楽しみにしていた。

日曜特別メニューなるものを考案して、不干渉が原則と決めたカフェ経営に、実はかなり干渉している。梅シャーベット、雑穀ワッフル、雑穀おにぎりなどがそれで、父が口惜しがることには、定番のお茶よりよく売れた。

そんな母だが、急患が気になって留守にできないから、日曜のオート三輪カフェは決まってクリニックの近く、公園の東広場に居る。日曜の公園は人出が多いので、母は結局、せっかくの休日までも忙しい思いをすることになっていた。

「あら。真美ちゃん、いらっしゃい。友哉、久しぶり」

揃いのエプロンを着けた両親が、手を振っている。数ヵ月前に鹿野レディスクリニックで生まれた赤ん坊も、カフェに来た若い母親に抱かれて、歯のない口で笑っていた。

「二人とも、せっかく来たんだから、おにぎりの試食してくれない？」

「その前に、皿洗いをたのむ」

「では、わたしがおにぎり担当で、鹿野くんがお皿担当ということで」

云いながら、真美はすでに新作おにぎりを頬張っている。

友哉たちはそのまま店を手伝わされ、一息ついた頃にはお昼を過ぎていた。

「お父さんに聞いたわよ。友哉、面白そうなところでバイトしてるんだって？」

手が空くと友哉の新しいアルバイトのことが話題になり、父は「日記堂は親切な店主の居る感じの良い店」などと云った。

「そう、本当に面白いお店なんですよ。わたしがお邪魔したときは、画家の香取虎一のご遺族がつめかけてたわよね。喪服のせいか、迫力満点だったなあ」

「遺族って――。あの香取さんが亡くなったのか？」

メガネを拭いていた父が、手を滑らせた。メガネが地面に落ちたことに気付かず、問うような視線をよこす。

「ええ、先月のことですよ。来週いっぱい、芸術記念館で追悼展示してます」

「そうか――。亡くなっちゃったのか」

長い病院勤務で冷静さを培った父だが、本当は気持ちを隠すのが上手ではない。とくに悲しい時は、眉毛と口の端が下がるのだ。

「親父、その人のこと、知ってるの？」

友哉がメガネを拾って手渡した。

「お父さん、担当医だったことあるのよね。転職後も、お得意さまでいてくれて」

「うん。中央病院近くの遊歩道で店を開いてた時なんか、入院中だった香取さんがよく来てくれたんだ。《ラプンツェル》の開店祝いだって云って、絵をくれたんだよ」

父は眉毛を下げたまま、それでも自慢げに云った。

「本当ですか？　うらやましいです！」

「真美ちゃん、香取虎一の絵が大好きなんだって」

「それなら見せてあげるね。ちょっと、待ってて」

父は、せまい荷台の中に掛けてある額を持って来た。

葉書ほどのサイズの油絵が納められている。

波打ち際に横たわる難破船の手前に、浜オモトが白く咲いていた。なかなか読みづらい臙脂の文字で、「T.Katori」とサインが記されている。

――開店祝いに難破船って、香取さんたら縁起悪いなあ。

――失敬なこと云うな。おれの得意のモチーフなんだぞ。

香取氏は鬼瓦みたいな顔で怒り、それから得意そうに付け足したという。

――おれが死んだら、高く売れるよ。

――もう一台、オート三輪が買えますかね。

――楽勝だな。

香取氏が治療で来られない時には、父はお茶の出前を運んだこともある。

――つい先月にも死にかけたんだけどさ、昏睡状態とやらになっちゃって、あんたンとこのお茶の夢を見たよ。あのミントのお茶が飲みたくてさ。

何度かそうして出前をしたが、転院すると聞かされてからは顔を見ていなかった。

「香取さんに、もううちのお茶を飲んでもらえないなんて。すごく悲しいよ」

何度もそう繰り返す父を見ているうち、友哉は不思議と気持ちがなごんだ。遺族たちのとげとげしい様子を思えば、こうしてひっそり嘆く誰かが居るだけで、故人も浮かばれるような気がする。

「ねえ、鹿野くん。わたしが買った日記にも、《ラプンツェル》のミントティーのことが書いてあったよ」

「ああ、あのヒエログリフみたいな筆跡の日記。きみ、よくあれが読めるね」

「あの日記を付けてた人も、おじいさんなんだけど。病気の時に《ラプンツェル》のミントティー飲んだおかげで、寿命が延びた気がするって書いてた。やっぱり、その人も夢にまで見たんだって」

「ひょっとして、あの日記、買っちゃったんだ？」

「うん。猩子さんに、一万円だけどいいかって訊かれたけど、それくらいなら買えるから」

真美は平然とうなずいた。

「い——一万円？」

友哉は、頓狂な声を上げる。

「だってね、あの日記、すごく勉強になったよ。なんだか、人生のエッセンスみたいなものを相続した感じで、贅沢な気分」

父は、香取氏の形見の絵を、大切そうに車内に戻している。

真美はその様子を見ながら、「ちょうど、ああいう感じかなあ」と云った。

＊

友哉が日記堂に出勤すると、店の土間にはまた香取虎一氏の遺族が居並んでいた。前に来店した時とは違って、めいめいが華やかな服装をしているので、スズメ色の店内は模様替えでもしたかのように見える。

（いや、本当に模様替えしたんだ）

先だって鬼塚氏が運んできた日記の山が、新しく設置した書架に納められていた。しかし、どうにも配置が悪い。帳場の少し手前、猩子がお客と向かい合うそばに、やけに不安定な角度で即席の棚が平行に並んでいるのだ。

（なんだかドミノみたいで、危なっかしいなあ）

いかにもとりあえずな形で日記が積み上げてあったり、放り出したようにハタキが横たえてあったり、ぬれたぞうきんが板の間に投げ出してあったり――どうやら、猩子は店の片付けの途中だったようだ。そこに、このにぎやかな香取家の人たちが来てしまった……という場面らしい。

「いろいろ探したのですが、どうやら香取先生の日記はこちらにはないようです」

猩子はあがり框の手前にひざを折って、お客たちに頭をさげている。

諦め半分に聞いていた香取家の人たちだが、最後列に居たヒゲの若い男が、一同の憤懣を代弁するように高い声を上げた。

「前に来た時は、きっと見付けておくと云ったじゃないか」

「探したと云うけど、あんた、この前も云ってたよな。新しく届いた日記の山を読むとか読まないとか。――そこのとっ散らかっているヤツも、全部調べたんだろうな」

ヒゲの男が云いざま、板の間に上がり込んだ。

「これは――」

まだ見ていない、と云うつもりだったのか。

勝手に触ってはいけない、と云うつもりだったのか。

猩子が立ち上がりかけるうちに、ヒゲの男は「おれは、キレたぞ」というような唐突さで框に駆け上る。そして、板の間に放り出してあった雑巾で足をすべらせた。

「あわ」

ヒゲの男はバランスをくずして、変な声を上げた。

そのまま、不安定に並んだ書架の一つにもたれかかったとき、ミシッといやな音がする。

続く瞬間に起こったことは、まるで録画のスロー再生みたいに見えたけれど、誰も一歩も動く間がなかったから、ほんの一瞬のことだった。

友哉がドミノみたいだと思った書架が、その印象のままに倒れ、乱雑に置いた日記がすべて落ちる。まるで、日記の滝を見るようだった。

「うあああ、ごめん!」

コケてしまったヒゲの男が叫んだ。

その声は崩れてひしゃげる書架の破壊音と、日記の降り積もる音にかき消される。

もうもうと、古い紙と木材のチリが立ちのぼった。

「きゃあ」

店先で見ていた友哉は、女の子のような悲鳴をあげ、気絶しそうになった。

書架と日記の残骸の山。それは不思議と富士山のようなきれいな円錐形をなし、その真下に猩子が埋もれてしまったのだ。

猩子さん猩子さん猩子さん——！

呼ぶ声が自分の口から出ているのか、脳の中でだけ回っているのか、友哉は見当もつかなかった。土足のまま壊れた書架と日記の山にかけよる。その下からジワリと鮮血がにじみ広がる幻に何度もかぶりを振りながら、友哉は手当たり次第にがれきを掘り下げた。

「もう、皆さんも手伝ってくださいよ！　猩子さんが死んじゃうじゃないですか！」

振り返りざまに友哉は、自分でも聞いたことのないような金切り声で叫び、続いてだれかが日記をどけてくれるのを見て「ありがとう、でも早く早く」と泣くような声で訴えた。

「え？」

手を貸してくれているのは、香取家の人たちではなかった。

いや、誰でもなかった。

円錐形の小山全体が振動し、日記と書架の残骸は勝手にすべりおちている。

「……！」

がれきの中から突然に突き出た白い手が、ひざまずいた友哉のすねを摑んだ。白い五本の指が、筋肉に食い込む。

「ぎゃ！」

「ぎゃ、じゃなくて」

それは猩子の手だった。

手は潜水艦の潜望鏡のごとく、クイッ、クイッと角度を曲げ、小山全体が再び微動を始めたかと思うと、その頂上部分を割るようにして猩子がすっくと出現した。まるでヴォッティチェリの『ヴィーナスの誕生』のパロディでも見ている気がした。

「……」

猩子は少しだけ不機嫌そうに足もとに積もった日記と書架の残骸に目を落とし、青いきものの袖をはたいて、ツツ……と襟元を直した。驚いたことに、猩子自身も着ているきものも、髪の毛一筋、糸一本の損傷すらない。

「な——なんで？」

友哉の驚愕をよそに、猩子は香取家の人たちに向かって目を弓形に細めて微笑んだ。

「というわけで」

「はい」

書架を倒したヒゲの男も、何も出来ずにいた他の全員も、いっせいに背筋を伸ばす。

「こちらは前に皆さんがいらしたときに入荷したものですから、ご所望の日記が混入している心配はございませんわ」

がれきと化した日記の山を指さして、猩子は慇懃に云った。

香取虎一の未亡人がヒゲの男の袖を引っ張り、土間に降ろす。一同の代表らしい中年の男が、皆に目配せして、店を出るようにとうながした。猩子から、傷害罪で訴えられることを怖れたのだろう。それとも、こんな事故に遭って平然としている猩子が不気味だったのかも知れない。香取家の新当主らしい彼は、後ろにひかえる身内たちをかばうように、仁王さまみたいなかっこうで作り笑いをした。

「ふ、ふふふ」

「何がおかしいんですか？」

友哉はつい意地悪に訊いてしまう。

「遺言日記をここに持ち込んだというのも、親父の悪質な冗談だったのかもしれない。最後の遺言は、きっとまだ家の中にあるのだろう」

「そうかも知れませんね」

「われわれも忙しい身だから。このあたりで、おいとまずることとしようか」

親父の日記は草の根分けても、探し出さなくちゃならない。香取家の代表はそう云いのこし、皆の背中を押すようにして飛坂を降りて行った。

「帰っちゃいましたねえ。猩子さんを日記の下敷きにした罰で、百年分の薪割りとかさせられると思ったのかも知れないですね」

「そんなひどいことしないわよ、失礼ね」

板の間に広がるがれきに、猩子はため息をつく。どうせ後片付けはこちらに回ってくると思いつつ、友哉は逃げ帰る香取家の人たちの様子を見ようと店先に出た。

――人生のエッセンスみたいなものを相続した感じで、贅沢な気分。

公園で聞いた真美の言葉を思い出した。

日記を受け継ぐからには、そんな贅沢な気分を、ありがたがるべきだと思う。

(それなのに、あの人たちときたら……)

店にもどりながら、友哉は「ちょっと、いい気味なんですけど」とつぶやいた。

「香取さんの、例のちょこちょこ変わる遺言状だけどね」

友哉の意地悪を叱るような手振りをして、猩子は大福帳をめくり始める。

「最新の遺言状によると、香取虎一さんは遺産の全額を、お世話になったホスピスに寄付することにしてたんですって。でも、これまでも次々に遺言が変わっていたから、身内の人たちは更に次もあると思ったわけ。いえ、思ったと云うよりも——「思いたかったのかなあ」

「そう。香取氏も、元からあの人たちにちょっと腹を立てていて、遺言状を書き換えて意地悪してたのかも知れないわね。だけど、自分の寿命を悟った時点で本心の遺言状を書いた。その本心を、あの人たちは信じたくないのよ」

「だったら、別に遺言日記があって、秘書の人がここに持ち込んだというのは？」

「確かに、香取氏の日記には本当に残したいことが、びっしりと書いてあったわよ。あれこそ、芸術家の真の遺言と云えるわね。もっとも、内容はお金のことなんかじゃなくて、最初から最後まで、芸術論と人生論なんだけど」

香取虎一氏の日記には、自分をはじめとして、誰の人名も書かれていない。日付もなければ、日々の出来事すらつづられていなかった。だから、狭義の遺言状には当たらないと、猩子は云った。

「猩子さん、読んだんですか？　でも、ここにはないって——」

「ええ。売れてしまったものは、もうありません」

猩子は涼しい顔をしている。

その取り澄ました横顔を見つめながら、友哉は公園での会話を思い出していた。

（親父は、香取さんから、こう聞いたんだっけ）

――つい先月にも死にかけたんだけどさ、昏睡状態とやらになっちゃって、あんたんとこのお茶の夢を見たよ。あのミントのお茶が飲みたくてさ。

（真美ちゃんが読んだ日記には……）

――病気の時に《ラプンツェル》のミントティー飲んだおかげで、寿命が延びた気がするって書いてた。やっぱり、その人も夢にまで見たんだって。

父に見せられた香取虎一氏の絵には、ヒエログリフみたいに読みづらい文字で「T.Katori」のサインがしてあったのではないか？

真美が買った古めかしい日記もまた、ヒエログリフみたいに読みづらい文字で書かれていなかったか？

「ひょっとして、その日記を売った相手って、真美ちゃんだったりして」

「当たりです」

猩子は袖で口を隠して、淑やかに笑った。

「彼女、香取氏の残した言葉を、しっかりと読んで受け止めてたでしょう。あの子、きっと、洋画家・香取虎一の最後にして最大の弟子になるわよ」

「うわあ。猩子さん、あなたという人は――」

猩子は欲しがる人たちが居ると承知で、日記を別のお客に売ってしまっていたのだ。

香取家の面々をもてあそんでいたのは、香取虎一氏ばかりではなく、猩子もまた同じだ。それを思うと、ついさっき、「いい気味」と云ってしまったことが、急に申し訳なくなる。

（どうせ日記を見ても、あの人たちを満足させることは書いてないわけだし……）

板の間に小山となった日記と書架のがれきを見て、猩子はきれいに笑った。

「友哉くん、ここの片付けをお願いね」

「そうくると思ってました」

「あらあら、反抗的ですこと」

猩子は楽しそうに云って、がれきの中から一冊二冊、日記を持ち上げる。

「わたしもね、もう長いことある日記を探しているのよ。でも、探しても、探しても、見つからないの。集めた日記がどんどん増えて、それで日記堂を始めたってわけ」

「へえ」

この奇妙な店のことで、猩子がうち明け話をしてくれるのは初めてのことだ。

「猩子さんは、どんな日記を探しているんですか？」

「世界で最も価値のある日記——いえ、世界で最も価値のない日記かしら。どっちにしたところで、見つけるまでは、この商売はやめられないわ」

「早く見つかって、ここから解放されたい」

散らばった日記をせっせと積み上げるのを、猩子は手伝いもせずにただ面白そうに眺めている。

「ところで、あなたに渡した日記はどう？　ためになった？」

「はい。それは、もう」

友哉が受け取った日記は、旧制高等学校の学生が二重の片想いに悩む随想だった。先の丸くなった鉛筆で、旧仮名交じりにていねいな楷書でつづられていたのは、かなり身勝手ながらとても苦しい恋の記録だ。

一目惚れの相手は、洋装のモダンガール。けれど、幼いころからあこがれ抜いた年上の女性が、学校の臨時教員として赴任してきた。

潑剌としたモダンガールと、けなげで毅然とした職業婦人。

日記の書き手は二人に同時に片思いをして、その罪悪感に悩み、双方から向けられる好意が恋とは別ものであることを嘆いている。このままでは、どちらにも胸の内を告げられないまま、二人ともが自分のそばから去ってしまうに違いない。

まるで行間からため息が聞こえるような文章が、切なくてたまらない日記なのだ。

百年近い歳月をへだてて、友哉は日記の書き手に同情し、涙ぐんだのは一度ならずのことだった。

「あれを書いた男は、身勝手で臆病で、読んでいて本当にイライラするんです。でも、こっちの気持ちにぴったりと吸い付いてくる感じで、読まずにはいられません」

「だったら、買うのね？」

「はい、ぜひにも欲しいです。買います」

「では、百万円になります」

猩子は小さなてのひらを差し出した。

友哉は了解したというように、小銭入れを取り出す。十円玉と一円玉を掻き分けて、百円を一枚見付けると、それを猩子の手に載せた。

「何ですか、友哉くん、これは」

百円玉を持ち上げる猩子の顔から、表情が消える。

「百……まん円。古い冗談ですよね。豆腐屋のおじさんも、おつりをくれる時に――」

友哉の云うのを、猩子は大袈裟な咳払いでさえぎった。

「百万円といったら、百万円ですよ。一万円札が百枚、一円玉だと百万枚」

「そんなの払えるわけないでしょう」

「だったら、働いて払ってちょうだい。あなたの時給だと二千五百時間になるわね」

「え？」

猩子の顔をじっと見てから、友哉は帳場の算盤を持って来た。算盤は軽快な音を立て、不可解な数字を弾き出す。

「あなた、算盤で割り算できるの？　若いのに、えらいわねえ」

「はい。中学に入るまで、近所の算盤塾に通ってましたから――」

照れて頬をかいた後、友哉の顔がひきつった。

「って――。時給四百円なんですか？　最低賃金より、全然少ないじゃないですか」

「二千五百時間、ただ働き決定ね。そういうことで、よろしくお願いします」

「そんな、無茶苦茶な」

友哉がふくれっつらで足を踏みならすと、古い床板が危なっかしい音を上げた。

「店を壊したら、修理代ももらっちゃうわよ」

「どうして、真美ちゃんのが一万で、おれのが百万なんですか。――もういいです。買いません。返しますから」

「返品するなら、百万円、申し受けます」

「消費生活センターに訴えてやる」

「そんなことしたら、いつかあなたの就職の面接に押しかけて行って、お茶泥棒のこと曝露してやるんだから。それからお嫁さんもらう時だって、披露宴に乗り込んでバラしてやる。それから――」

あくどい見得を切る猩子の目が、ふと逸れた。

「あ、友哉くん！」

突然、猩子はすがるようにして、両手で友哉の腕をつかむ。

「どうしたんですか？　さっきのケガが痛み出したとか？　大丈夫ですか？」

「いやだ。あれを見て、友哉くん……」

開け放した戸の向こう、猩子の目は広場を散歩するピレネー犬と、その飼い主を追っていた。

白い入道雲のような大型犬のリードをにぎるのは、日傘を差した品の良い婦人だった。

「あの人、うちのアジサイのわきにフンさせた。お願い、友哉くん、早く片付けて！」

「は――はい！」

猩子の憤慨まじりの哀願に逆らえる者は、滅多に居ない。友哉もまた、時給四百円や、二千五百時間のただ働き、理不尽なおどし文句など、あっさりと吹き飛んでしまう。

友哉は急かされるままに、掃除道具を探しに裏の納屋まで直行した。

重たい扉を開き、炭バサミとチリ取りをようやくのこと見つけ出す。

美しく生えた苔を踏まないようにして駆け戻った時には、日傘の婦人は愛犬を連れて、坂道のずっと先を降りていた。

(飼い主にひと言云う方が先だったかな)

友哉はアジサイのわきに落ちている犬のフンを、せっせと片付けた。

第二話　たくらむ

1

梅雨を目前にした庭には、雨を含んだ微風が流れていた。

屋敷と通りを仕切る土塀は、遠く視界の彼方にあると云ってもおおげさではなかった。かつては大地主だったという資産家の、今でもけっして慎ましくない広さの敷地には、当主の邸宅、はなれ、隠居夫婦の暮らす家、そして新築された洋風の建物が、それぞれのびのびと配置されている。

新築のバタくさい（と、当主がしきりとくさす）建物のウッドデッキでは、一組の男女が梅雨どきの湿気について他愛ない会話をしていた。

「湿気が多いと、肌が乾燥しないので助かるわ」

目鼻立ちのぼんやりとした女は、きゃしゃな手で自分の頬をなでる。入道雲のようなピレネー犬が、昼寝からさめてあくびをした。

「湿気が多いと、大事な本などがカビたりして困る」

応じる男は、歌舞伎役者のような美男子で、そして顔が大きかった。「きみはとっくりのセーターは着られないだろう、大きい顔がつっかえて」と、この家の当主に笑われるほど、その美しい顔は大きい。

男はふと、その「きみはとっくりのセーターが着られないだろう」のいいぐさを思い出して、顔をしかめた。こんな風にプライドが傷ついたときは、むしょうに難しい話がしたくなる。

「紀貫之の『土佐日記』の書き出しを知っているかい？」

「日記は男が書くものだけど、女も書いてみようと思って書きました。……そんな感じだったかしら」

女は小さな目を微笑ませて、ピレネー犬の背をなでる。

「でも、『土佐日記』の作者は男の人なのに、わざわざどうしてそんなややこしいことを書いたのか、不思議」

ピレネー犬が、その入道雲のような背中をぶるりと震わせてから、大きなあくびをした。

「こう考えてみたら、どうかな？　『土佐日記』はあべこべの日記だ、紀貫之は、そう宣言するために奇妙とも思える書き出しで日記を始めたのではないか」

「あべこべって、どういうこと？」

女は話についてゆこうと、懸命に身を乗り出す。

男は気分を直し、大きく整った顔で、ピレネー犬と同じくあくびをした。

「あの『土佐日記』のどこかに、日記にはあるまじき――すなわち、真実とは違う欺瞞が隠されている。さらに、『土佐日記』の作者である紀貫之は、『古今和歌集』の始まりにこうも書いているんだ。――言葉は力を入れずに、天地を動かすのだ、と」

「魔法の呪文？　チチンプイプイみたいな？」

女は自分の言葉が相手のどんな反応を引き出すか、期待と不安が入り乱れた、実に奇妙な顔をした。それは、フリスビーをキャッチしそこねて尻餅をついたときの愛犬の顔にも似ていた。

笑ってもらえる？　あきれられる？

男はあきれた顔で笑い、それを取り繕おうとして慌てて深呼吸したものの、ただのため息になってしまう。

「さおりさんは、可愛いことを云うんだね」

そう言葉にしてしまうと、あからさまな不満が語尾に出た。男は、もっと学究的な話し相手が欲しかった――猛烈に、そんな相手が欲しいのだ！

「ところで、かの『竹取物語』は作者不明だとされているが、ぼくはこれも、紀貫之が書いたという説を支持するよ」

「久二彦さんたら、難しいお話ばかり」

女が降参とばかりに両手を上げたとき、この広大な屋敷群の当主が、若い二人に割り当てられた西洋庭園を横切って現れた。

「お父さまだわ」

うすくなった銀髪を七三に分け、黒縁めがねに和装なのは、この家の先代とうり二つで、先々代ともやはり似すぎるほど似ている。――応接間に飾られた家族写真を見た者は、その全員がクローン人間なのではないか……などと、荒唐無稽な怖さを覚えるくらいだ。

「久二彦くん。うちの可愛い一人娘を相手に、つまらん知ったかぶりをひけらかすのは、ほどほどにしなさい」

この実に思いやりに欠けた物云いも、先代、先々代から遺伝したものなのだろうか。男は美しく大きな顔の後ろ、退屈しきった脳でそんなことを考えた。

いやみな和装の当主――将来の舅は手振りで若い二人をうながした。

「二人とも、出かける時間だぞ。相手は神さまだからな、お待たせしてはいかん」

急かされるままに、男はイスから立ち上がりかけ――。

ギックリ。

中腰のまま、動作が止まった。

不自然な姿勢のままで凝固した男の、整った顔とたくましく長い胴体、案外と短い脚を、女とその父親は不思議そうに見た。

「おお、おお、おお」

銀髪の当主は珍しいものでも見たように、手をたたく。

「さおり。お父さんは、人がぎっくり腰になった瞬間を初めて見たぞ」

当主の歓喜に気を良くしたピレネー犬が、大きな体からは想像できない身軽さで、中腰のまま動けない男に飛びついた。

＊

友哉は日記堂の店の土間を掃いている。

(今日もなぜか来てしまった)

お茶泥棒の一件も、二千五百時間ただ働きの強要も、一方的で理不尽な猩子の決めごとに過ぎない。はっきり「いやです」とさえ云えば、すぐにも自由になれるのだ。

それなのに、本来ならば勉学にあてるべき時間を——さもなくば、きちんと賃金のもらえるバイトに費やすべき時間を使って、友哉は日記堂でただ働きをしている。

それもこれも、お人好しな性格のせい？　それとも本当は、美しすぎる猩子に会いたいために、友哉はむしろ喜んで日記堂に通っているのではないのか？

(そんな——そんなそんな)

むやみにかぶりを振ったせいで、くらくらした。しばし立ちつくして、日記堂の古色蒼然とした店内を見渡す。

（ここって、きれいな場所なんだな）

改めて眺めてみて、店内のそこかしこに値の張りそうな骨董がいとも無造作に置かれていることに気付いた。友哉にあてがわれた文机のそばにも信楽の大きな壺があり、ふだん使いの湯呑みでさえ手が震えるような名品ばかりだ。奥に行けば、明治の頃に造られた市松人形たちが居並んでいる。

日記堂の浮世ばなれした空気は、美しいという理由で人間よりもはるかに長い時間を生きてきた品物によって作り出されているのだ。しかし、間違って壊しでもしたら、二千五百時間どころか、生涯ただ働きなどという宣告を受けかねない。

「いくら何でも、そこまでなったら、まじめに聞かなくていいよね」

「なんの話、友哉くん？」

友哉のひとりごとを聞きつけて、猩子が目で笑った。

古い道具に囲まれた猩子もまた、市松人形に負けず和服ばかり着ていた。

六月に入り、猩子の着物は袷から単衣に替わったが、色合いはいつも青い。麻や木綿の風合いは、猩子の涼しい容貌をよく引き立てた。

「猩子さんて、いつ見ても軽やかですね」

「ありがとう。でもね、ちっともそんなことないのよ」

和服は身動きが大変だと云って、薪割り、庭掃除、植木の剪定などは友哉の担当となった。友哉の身分は、日記堂の店員ではなく、小間使いであるらしい。

汗だくで戻ってくると、涼しげなたたずまいの猩子が恨めしくなる。

「猩子さん、涼しそうですね」

「和服ってのは、見ている人には涼しそうでも、本当は暑いんだから。つまり、わたしは世のため人のため、着物を着ているみたいなものなの」

猩子はやはり涼しい顔で云って、どう見ても地デジ対応ではないテレビの電源を入れた。十四インチのぼってりと厚いブラウン管テレビの上には、プードルの編みぐるみと室内アンテナが載っている。

——怪盗花泥棒による被害は、美術館やギャラリーなど立て続いています。予告状を送りつけてから犯行に及ぶという手口は、専門家の分析によりますと、自己顕示欲の強い愉快犯の典型ということで——。

「なあに、これ？」

大福帳をひざに載せ、猩子は不思議そうに訊いてくる。

友哉は百万円で買わされた『ためらひ日記』から目を上げた。

「知らないんですか？　怪盗花泥棒ですよ。最近、どこのニュース番組でも話題になってるじゃありませんか」

「ニュースってつまんないから、あまり観ないのよね」

「子どもみたいなこと云ってる」

友哉が笑うと、猩子は切れ長の目を鋭くしてこちらを見た。

「友哉くん。その怪盗花泥棒のことを、かいつまんで説明してください」

「はいはい。ええと、怪盗花泥棒とはですね……」

怪盗花泥棒は、大時代な活劇物語を思わせる窃盗犯だった。

いつ何どきに参上、何を盗みますと予告をして泥棒に入る。

予告された側も警察も、最初はいたずらとしか思わなかった。

ところが、怪盗花泥棒は実在し、犯行は実行された。しかも、次々と実行された。

その手口は、古風な大衆小説そのものだった。誰にも危害は加えず、庶民には決して手を出さず、どんな警備も易々とかいくぐって仕事を成しとげる。

「ともかくですね、怪盗花泥棒は――」

怪盗花泥棒は、現代のダークヒーローとなった。

犯行予告が届くたび、標的にされた美術品が警備の甲斐なく盗み出されるたび、人は眉間にしわを寄せつつも、内心では喝采をおくっていた。

「うちのサークルなんか《地域研究会》とは名ばかりの野次馬の集まりですから、このところ怪盗花泥棒ファンクラブと化してます」

友哉が、こうして映画の予告編みたいに活き活きと怪盗花泥棒のことを語れるのは、《地域研究会》の先輩たちが集めてきた虚々実々の噂話を聞き慣れているためだ。

「こんにちは。よろしいですか」

店先に人の気配がして、話に熱中していた二人は、慌てて居住まいをただした。

「まあ、先日の――」

店の土間を渡って来るのは、先月も来店したソフトモヒカンの紳士だった。

前回の来店は、喪服の香取一族がつめかけた時のことだったから、友哉もよく覚えていた。白髪混じりで、ぷっつりと小太りだが、陽気で垢抜けた中年男である。

「やあ、こんにちは。すっかり暑くなったねえ」

小太りの紳士は、張りのある声で挨拶をした。

「しかし、店長さんの涼しげな着物姿を見ると、暑さが引いてくよ。あなたの美貌は、ぼくのような汗かきにとって、クーラーにまさるそよ風だ」

調子のいい言葉が、なめらかに口を出る。

前回、この紳士が日記堂を訪れた動機は、心の暗雲を「パ、パ、パーッと」吹き飛ばす日記を求めてのことだったが、やはりその必要があるとは思えなかった。

猩子の目にはどう映ったのだろう。いつものように、流れるような所作で帳場から立ち上がると、上がり框まで来て座り直した。

「その後、どうですか。日記をどれか、お読みになると決めました？」

「うん、やっぱり読ませてもらうことにした」

短い指を広げて、ソフトモヒカンの紳士は元気よく両手を差し出す。

そのポーズを見た友哉は突然、この人物が誰なのか思い当たった。

「お客さんは、もしや『佐久良の甘～いマーマレード』の佐久良肇さんでは？」

意外さのあまり、相手の顔をのぞき込む。

「あ、ばれちゃったかな」

ソフトモヒカンの紳士はまんざらでもなさそうに、丸い腹を揺らして笑った。

友哉はテレビ画面の中でだけ知っている人が目の前に居ることに感動し、握手を求めて佐久良氏に駆け寄ってから、浮き浮きと猩子に振り返る。

「こちらは、通販番組でも人気の《佐久良の甘～いマーマレード》の社長で——」

「こんにちは、佐久良肇です」

ソフトモヒカンの紳士は、胸ポケットから名刺を取り出した。

「まあ」

猩子は受け取った名刺と当人の顔を見比べてから、えもいわれぬ微笑みを浮かべる。

「わたし、《佐久良の甘〜いマーマレード》が大好物なんですよ。あれ、ちっとも苦くないのよね。あのまろやかさは、どうしたら出るのかしら」

「それは、企業秘密なんだよね。だから、ひ・み・つ」

佐久良氏は上手な作り笑いをして、髪のとんがりに手をやった。

「意外とケチですこと」

猩子は口をすぼめて、書架から日記を引き出した。

前に見せた革張りで重厚なものとは違う、濃いバラ色にラメを散らした派手な一冊だ。悪趣味と超可愛いの中間くらいのデザインだが、黒いマジックで書かれたタイトルは少しばかりデリカシーを欠いて、それが可愛いというかおかしい。


『キャバ嬢バブリーダイアリー／島岡真理子』

「ええと、どれどれ――。あのね、アイコンタクトっていうの？　なーんにも考えないで『ぽけー』と歩いてたら、カップルの男の人と目が合って、ついついお互いに笑いかけたら……女の人にひっぱたかれちゃった……！　ふつう、そういうときって、自分の彼氏のことをひっぱたくんじゃないかなあ……。お店の民恵ちゃんに話したら、あんたが百パーセント悪いよ！　っていうんだけど。でも、お客さんは、みーんな同情してくれました。宇津井先生なんか、バラの花を百本もくれたんだから。その後、先生の奥さまから、カミソリ百枚とどいちゃったけど。みんな、性格が激しいなあ……。でも、バラ百本分の花瓶買ったら、お財布がカラっぽになって、困ったヨ。教訓！　百個もらって嬉しいものを、前もって考えておこうと思いました……」

冒頭の一節を口に出して読み、佐久良氏はクスクスッと笑った。

そのタイミングで、テレビは《佐久良の甘〜いマーマレード》の宣伝を流す。目の前の紳士が、十四インチのトリニトロンの中で陽気に人差し指を突き出した。

――今から三十分以内にお電話にてお申し込みいただくと、新製品《もっと甘〜いマーマレード》を一瓶おつけいたします。番号はフリーダイヤル０１２０……。

「あ。ちょっと、失礼しますわね」

思わず電話機に手を伸ばす猩子を、佐久良氏が止めた。

「今度来る時にでも《もっと甘〜いマーマレード》をお持ちするから」

そう云って、木製の持ち手が付いたビジネスバッグに、『キャバ嬢バブリーダイアリー』をしまう。

「これで、胸のつかえが取れるかな？」

佐久良氏はほんのつかの間、つやのよい頬から表情を消した。最初の来店以来、わずかなりとも顔色がくもったのは、この一瞬だけである。

「人生って、苦しいよなあ」

佐久良氏は、またしても言葉とは逆で、元気に笑った。

一緒に愛想笑いをしようとした友哉の背中を、猩子が慌てて叩く。

「ああ、友哉くん、友哉くん。また、あの犬が来てる——」

猩子が袖から白い腕をのぞかせて、店の前を行く女性を指していた。

「あ。本当だ。今日も散歩のエチケット袋、持ってないし」

問題の人物は白雲みたいなピレネー犬を散歩させ、悪びれた風もなく犬のフンを落としていた。

「友哉くん、お願い。注意して来て！」

「はい」

クリーム色のワンピースに広いふちの帽子をかぶり、ピレネー犬連れの淑女は楚々とした歩調で歩いていた。片手に犬のリードをつかみ、もう片方の手で帽子のふちを押さえている姿が優雅だ。

「すみません。ちょっと、待ってください！」

犬と婦人はのんびりしているように見えて、不思議なほど足が早かった。

友哉は急いではいたスニーカーのヒモが絡まり、「あ」という悲鳴とともに転んでしまう。両手両脚を大の字に伸ばして、顔も全身も乾いた地面に打ち付けられた。

(かっこわるい……)

転ぶなど、小学校の運動会以来だ。友哉は驚くやら、きまり悪いやらで、大の字の姿のまま全身が強張った。

「もしもし、大丈夫ですか」

目鼻立ちは凡庸だが、この上なく優雅な人がハンカチを差し出した。ピレネー犬の飼い主である。ていねいにメイクした小さい目に、心配そうな色が浮かんでいた。

「おケガは、なさいませんでしたか」

淑女は友哉の頬についた土を払い落としてくれる。つば広の帽子が、初夏の日射しを半分ばかり透かして、友哉の顔にも日陰をつくった。

「ずいぶんと急いでらっしゃったのね。どうかしたのですか？」

「どうもこうも、あなた——」

友哉は文句を云いかけてから、小首を傾げる犬と飼い主を交互に見た。

ピレネー犬は、いかにも忠犬らしい様子で《おすわり》の姿勢を保っている。

(この犬、笑ったみたいな顔してる)

つられて笑いそうになりながら、友哉は起きあがった。

「立派な犬ですね」

われながら脈絡のない態度だと思いながらも、友哉は犬の頭を撫でた。

愛情としつけをバランス良く受けて育ったらしく、ピレネー犬は顔を上向けて従順そうに友哉を見つめた。

「ブヒブヒ」

犬らしからぬ声も、友哉の可愛いのツボを刺激する。

（本当に可愛いぞ、こいつ）

友哉は自分がここに居る理由を、完全に失念してしまった。

「ここ、お散歩コースなんですか？」

いわずもがなのことを訊くと、意外な答が戻ってきた。

「ええ。安達ヶ丘はうちの伝来の土地なので、気がねが要らなくて」

「ひょっとして、安達ヶ丘の地主の方ですか？」

友哉は前後左右に広がる雑木林と、ふもとに続く長い坂道を目でたどった。

その視線を追いかける犬と飼い主は、同じ表情で微笑む。

「あなたは、猩子さんの店の方？」

「アルバイトです」

「猩子さんは、うちの遠縁にあたるんですよ」

ピレネー犬連れの淑女は、思いもよらないことを云った。

驚いている友哉に、それ以上を説明するでもなく、愛犬を促して立ち上がる。帽子のふちが作る影が遠のくと、友哉の顔に強い日射しが当たった。

「それでは、ごきげんよう」

小さな足は坂を降り、友哉が片手を上げて会釈を返した時には、ずいぶんと遠ざかってしまっていた。

「おや、友哉くん。こんな所に居たのか」

足音も気配もないまま、すぐ後ろに佐久良肇氏が立っていた。こちらの名前を親しげに呼ぶのは、成功した実業家らしい人なつこさだろう。

「犬のフンのことで、店長さん、かなりおかんむりみたいだ。清潔好きなんだね」

「清潔好きというか、なんというか――」

猩子への万感の愚痴がこぼれそうになった瞬間、友哉は佐久良氏の後方、藤の群落の中に人影を見たように思った。友哉の表情を読んだ佐久良氏も、つられるようにして雑木林の方を見やる。

「どうした？　まさか、熊が居たとか」

「いえ、熊じゃないけど誰か居たような――」

身を乗り出すようにして茂みを覗き込むと、森林の芳香とは違う、ジャスミンティーの香りを嗅いだ気がした。父が《ラプンツェル》で出すお茶とは違うが、懐かしい気分が胸に満ちる。

それを口に出すと、佐久良氏も丸い鼻孔を「フフーン」と広げた。

「お茶ではなく、これは風呂に入れる入浴剤のかおりじゃないかなあ」

風呂と云われて、薪割りの仕事が待っていることを思い出した。げんなりする友哉の頭を、佐久良氏は小さくて厚いてのひらで乱暴に撫でる。

「無心に働くのは悪いことじゃないよ」

頭をなでる無造作な感じに思いやりがこもっていて、友哉は胸が熱くなった。

（こういう人の下で働けたらなあ）

大学を出たら《佐久良の甘〜いマーマレード》に就職したい。ぼんやりとそんなことを思いながら、お辞儀をする。

「サ・サ・サクラのー、甘〜い人生ぃー」

自社のコマーシャルソングを鼻歌まじりに、佐久良氏は坂を降りてゆく。その後ろ姿をしばらく見送って、友哉は日記堂に戻った。

「ガツンと、苦情云ってくれた？」

犬のフンのかたわらで、猩子は疑わしそうに訊いてくる。

「飼い主の人と親戚なんだったら、猩子さんが直接云ったらいいじゃないですか」

云い返すと、猩子は口をへの字に曲げた。

「ほら、わざわざ納屋から持って来てあげたんだから」

つっけんどんに、チリ取りと炭バサミを差し出してくる。

ピレネー犬連れの淑女と猩子――顔も性格も全く別だが、後ろ姿や歩き方がどこか似ているのかも知れない。そう思って見やる坂には、もう淑女の姿はない。とんがった髪型の佐久良肇氏が、丸い体を左右に揺らしながら降りて行くのが小さく見えた。

2

書架にハタキを掛けていた午後、友哉は足の裏にわずかな揺れを感じた。揺れは一息ごとに大きくなり、やがてズシッ……ズシッ……という足音となって耳にも聞こえ始める。それにともない、書架に立てられた日記は小さく震え、書架自体も軋んで不穏な音をあげた。

「わわ！」

飾り棚から、夕暮れの海色をした小瓶が落ちてくる。猩子が郵便局に勤める父親からプレゼントされた貝殻の粉を入れた小瓶だ。

「危ない……」

両手で小瓶を受け止めると、貝の粉はガラスの中で小さな小さな海のようなさざ波を見せた。代わりに取り落としたハタキの枝が、足の爪の付け根に落ちる。

「きれい——痛い！」

悲鳴を上げたと同時に、ズシッ……という足音は一際大きくなり、止まった。

貝殻粉の小瓶を帳場の文箱に納めてから、友哉は足の痛さも忘れて正面口に走る。

「待ってくださいね。今、開けますから！」

閉ざされたガラス戸の向こうには、ピラミッド状に積み上げた日記の山を抱え、筋骨たくましい人が立ちはだかっていた。郵便配達員の鬼塚氏だ。この人を見ていると、こちらで戸を開かないと打ち破られるような気がして、友哉は彼の行く先々の戸を開いてやるのが癖になっている。——実際には、鬼塚氏はこれくらいの荷物を片手に抱えて、戸を開けるのはもちろん、編み上げの靴ヒモを結ぶことだってできるのだが。

「小包です」

「ごくろうさまです」

日記堂で働き始めて一ヵ月、ときおり来る鬼塚氏の遠雷のような低い声にも、友哉はようやく慣れてきた。

「こちらに、置いてください」

板の間を手で示すと、鬼塚氏も勝手知った様子で日記の山を降ろす。いつもならば、猩子がながもち一杯に詰めておいた別の日記を持って帰るのだが、今日は帳場の奥を覗き込んでいる。

「鬼塚さん、わたしになにかご用？」

気配を感じ取ったのか、奥で市松人形の着物を縫っていた猩子が、足袋の底を鳴らして出てきた。猩子のパタパタ……という軽い足音と、鬼塚氏のズシッズシッ……は、対照的なように思えてどこかリズムが似ている。友哉がそんなことを考えていると、鬼塚氏は厳しい表情で口を開いた。

「登天さんが、きみと一緒にカラオケに行きたいそうだ。本日十七時、中央一丁目のカラオケ♪ドラゴンにて待つ」

「いやよ。行きません」

手にした人形の着物から視線を外さないまま、猩子は云った。

「親孝行はするものだ。孝行したいときに、親は無しと云うだろう」

「ありえない」

鬼塚氏の言葉が終わるか終わらないうちに、猩子はあざけるように鼻で笑った。鬼塚氏を相手にすると――いや、父親の話になると、猩子は思春期の中学生のように反抗的になる。それを指摘したら、猩子は笑っていない目で友哉を見つめた。

「友哉くん、失礼なことを云うと減俸ですよ」

「もとから、ただ働きじゃないですか」

「おばかさんね。時給が半分に減ったら、年季奉公が倍になるということでしょ」

「年季奉公って——時代劇じゃないんだから」

結局、猩子は鬼塚氏に、友哉は猩子に説き伏せられて、その日はともにカラオケに集合することとなった。いやだ、いやだと云っていたわりに、猩子は珍しく桃色に臙脂の縞という暖色系の着物を着て、白地に赤い朝顔を染めた帯を締めている。ただ、帯留めの形が成長途中の動物の胎児みたいに見えた。

「これは、曲玉なのよ」

曲玉といえば、古事記にも出てくる古代人の装飾品だ。

教科書で見た曲玉は、翡翠や瑪瑙という貴重な天然石をゼリービーンズみたいな形にして磨き上げたものだった。ところが、猩子の華やかな帯に付いた褐色の固まりは、くびれた部分に変にリアルなしわがあったり、血管みたいな筋まで浮いている。

「なかなか可愛いでしょう。曲玉っぽく見えない？」

「ほんの少しだけ、不気味なんですが」

減俸を怖れて、友哉は遠慮がちに云う。

「うーん。実は、これも前にパパからもらったものなのよね。漢方薬の材料とか云っていたから、両生類か何かのミイラかも知れない」

「やっぱり……」

おっかなびっくり覗き込む友哉を無視して、猩子はきょろきょろと辺りを見渡す。

「それはそうと、肝心のパパはどこなのよ」

「登天さんを見失ってしまった。その辺りを探査してくる」

丁度いいタイミングでカラオケ♪ドラゴンの正面口から出て来た鬼塚氏が、猩子の独りごとに応じて、鋭い視線を周囲に投げた。そのまま、大股に広い駐車場を縦断すると、例のズシッズシッ……という歩調で大通りに歩き去ってしまう。

猩子は片手で不気味な帯留めをいじりながら、もう一方の手で友哉の背中を押した。

「ちょっと、あっちに行ってみましょう」

カラオケ♪ドラゴンと同じ敷地内には、ゲームセンターとボーリング場とラーメン店が併設されていて、そのゲーセンとボーリング場の隙間から細い煙が上がっていた。猩子が指さしたのは、その辺りである。

ぺたぺた……と、猩子の草履の底がいつもの足音をたてる。

その音が不意にやみ、「あ」と非難がましい声を上げた。

同じ瞬間、別方向に大股で向かったはずの鬼塚氏が、行く手の物陰から現れる。

両手に大きなバケツを提げていたが、両腕の筋肉の盛り上がり方から見て、どちらにもたっぷりと水を満たしていたらしい。

「とうッ！」

右手と左手がみごとな弧を描き、鬼塚氏のバケツから水がぶちまけられる。

その先に、小柄な老人が居た。

老人は、たき火をしていたらしい。初夏だというのにどこから集めたものか、落ち葉を積み上げて燃しているのだ。

なぜ、たき火を――と思う間に、細い煙めがけて、バケツの水が掛かる。水音と火がひしゃげる音が同時に聞こえて、老人はきょとんと顔を上げた。

その人は、軽く米寿は超えているような、小さなおじいさんだった。禿げた頭に綿毛のような白髪が残り、消え残った煙と一緒に風に吹かれている。

「パパ！　こんな所でたき火なんかしたら、お店の人に迷惑かかるでしょう！」

猩子はこれまで聞いたことのないような怖い声を出した。

たき火の老人は、煙が目にしみたようで、しわの中の目に涙がにじんでいた。

「皆で食べようと思って、焼き芋をしてたんだけど」

「よい子が真似しちゃいけないことは、禁止です」

猩子は高い声で云い放ち、一人で草履を鳴らして店に入ってしまう。

追いかけるべきか、しょげている老人をなぐさめようか、それともたき火の後かたづけを手伝うべきか。迷っている友哉に、小さなおじいさんは背広の胸ポケットから名刺を出してよこした。

「あなたが、鹿野さんですね。うちの娘がいつもお世話になっています」

細い声で云って、おじいさんは木彫りの人形みたいに笑った。その様子を見ていると、友哉の頭にはなぜか日記堂に無造作に転がる骨董品のことが浮ぶ。

登天郵便局　配達主任
　登　天
狗山の　~~南斜面~~　北斜面を登る

鬼塚氏が、猩子の父のことを《登天さん》と呼んでいたことを思い出した。

猩子と親子なのに、苗字が違うのは、特別な事情などあるのだろうか？　郵便局で働いていると云っていたけど、勤務先と同じ名前なのか？　下の名前は何だろう？

(狗山ってどこ？　そもそも、これ住所？)

いくつも込み上げる疑問は、訊いてよいものやら、黙って流すべきなのやら。子どもみたいにまっすぐに見上げてくる登天さんの視線を受けて、友哉はとりあえずお辞儀などしてみる。

そんな友哉の襟を後ろからつかんで、鬼塚氏が手の中に熱い固まりを押し込んできた。アルミ箔に包んだ焼き芋だ。盛大に水を掛けたのに、少しもぬれていなかった。

「熱《あ》ち、熱ちち」

ジャケットの前身ごろをのばして焼き芋を包むと、友哉は改めて「熱ち、熱ち」と飛び上がる。鬼塚氏は「郷ひろみだな」と不敵な声で呟き、大股でカラオケ♪ドラゴンの正面口に入って行った。

焚き火の跡にちょこんと立った登天さんが、傾きだした西の空を仰ぐ。

「鹿野さん、空がきれいですよ」

つられて顔を上げた友哉は、暖色を帯びはじめた初夏の夕暮れを見た。登天さんが猩子に贈った貝殻粉の小瓶が、一面のパノラマとなって出現したような眺めだった。

＊

登天さんは、友哉の知らない歌ばかり歌った。

二拍子の伴奏は勇ましく、登天さんの歌はそれと正反対に甲高く震えて、ところどころが哀愁を帯びてとぎれる。……元気のない人たちがとぼとぼ行進するイメージが、友哉の頭にとりついた。

続けざまの三曲が終わったあと、マイクを置くひまもなく、軍艦マーチのイントロが流れる。登天さんはリズムを無視して、古い和歌を歌った。

「熟田津《にきたつ》に船乗りせむと月待てばー、潮もかなひぬ今は漕ぎいでなー」

「登天さんは古今、あらゆる軍歌に精通している。今のは額田王《ぬかたのおおきみ》が軍勢の志気を鼓舞した勇ましい歌だ」

鬼塚氏は手慣れた様子でアルミ箔を剝がし、ほくほくの焼き芋を取り出している。

「きみも歌いなさい」

「ぼくは、ちょっと」

場の雰囲気についてゆけず、友哉は両手を広げて固辞した。

マイクは猩子の手に移っている。登天さんの悲しげな軍歌メドレーは、猩子の歌うキャンディーズにとってかわられていた。

来るのをいやがっていたわりに、猩子もまた大変に楽しそうだった。袖を舞い上げて歌う娘のかたわらで、登天さんも民謡のような手振りで踊っている。鬼塚氏は表情ひとつ変えず、湯気のたつ焼き芋を二つに割り、その焼け具合を確認した。

「鹿野くん、ジャガイモにはバターをのせるんだ」

「はい——うまい」

バケツで消火されても無事だった焼き芋は、不思議なほどに美味かった。

猩子が『年下の男の子』を歌い出すと、踊り疲れた登天さんが友哉のかたわらに座る。しわの多い小さな顔が紅潮しているのは、よほど楽しいのだろう。

「鹿野さん、退屈していませんか」

登天さんは、これも持参したにごり酒を飲みながら、気遣わしげに云った。

「焼き芋が美味いので、おれは充分です。はい」

「たくさん食べたまえ。腹が減っては戦は出来んからな」

ぶ厚い干し肉を差し出しながら、鬼塚氏はうむを云わせぬ調子で云う。

「これは？」

友哉が尋ねると、鬼塚氏はこともなげに「熊の肉だ」と答えた。

「ここって、持ち込み可でしたっけ？」

登天さんの軍歌と猩子の歌うキャンディーズが頭の中でぐるぐる回り、鬼塚氏の過剰な力強さに圧倒されているときにドアが開いた。

学生アルバイト風の店員が、室内の熱い空気に驚いて、おずおずと声を出す。

「ご注文はおきまりになりましたか」

「もう少し、はい、待ってください」

持ち込みの焼き芋と干し肉と濁《にご》り酒を隠しながら、友哉は懸命な笑顔で答えた。

＊

カラオケ♪ドラゴンには、一時間ほどしか居なかった。

解散時刻が早いのは、登天さんの就寝時間に合わせたためだ。マイクは握らず芋と肉を食べ続けた友哉は、徹夜をしたような疲労をおぼえてアパートに帰り着いた。

友哉の暮らすアパートは、古い鉄骨造りの三階である。

まだ夕日の残った正面口では、管理人が工具箱をガチャガチャさせていた。

「ああ、友哉くん。お帰りぃ」

はあ……、と友哉はあいまいな会釈をする。

部屋に戻ってみると、他人の住まいに入り込んだような違和感を覚えた。

机の上の小物や本棚の本の並びが、どことなく移動したように見えるのだ。

一つだけ明らかに、今朝部屋を出たときには無かったものが、目に飛び込んできた。折り畳みテーブルの上に、桜の皮を貼った茶筒が置いてある。中を開けると、日記堂でよく飲んでいる白茶が入っていた。

「なんだ、親父が来たのか」

茶筒からは柔らかなかおりが立ち上がっているが、部屋全体には別のお茶——ジャスミンティーの強い芳香がある。

(なんで?)

友哉は座布団を二つに折ると、それを枕にして寝転がった。

登天さんの悲しげな軍歌と猩子の歌うキャンディーズが意識の中でうずを巻き、それが子守歌となって、友哉は寝入ってしまった。

＊

夢の中で、登天さんが芋を焼いていた。

雑木林がそこだけとぎれた小山のてっぺんからは、ほとんど完全な円形をなす街の風景が見渡せる。彼方には貨物船を浮かべた海も見えた。

すぐ近くに、小さな御堂が建っている。

抜けるような晴天とは正反対に、御堂は陰気な感じがした。重たげな格子の扉の中は、光を吸い込むように暗い。見ていると自分まで吸い込まれてしまいそうで、友哉はあわてて登天さんのたき火のそばに戻った。

「なにを燃しているんですか？」

「わたしの日記です」

登天さんは視線を火の中に向けたまま、しょんぼりと云った。

アルミ箔に包んだ芋の上で、古い和綴の本が幾冊も燃えている。その数の多さに驚き、夢の中とはいえ意識が鮮明になった。登天さんは、日記マニアなのか？　いや、この数を見るだに、もはや日記作家といえるのではないか？

「思い出は、言葉にして燃すと天に昇るのですよ」

登天さんは乙女チックなことを云って、木の枝で火をかきまぜる。アルミ箔に包んだ芋を手前に転がすと「熱ち、熱ち」と云って中身を取り出した。

「召し上がれ」

「いただきます」

塩をまぶした皮ごと、二人は熱い焼き芋を頬張った。

「鹿野さんのお父さんも、鹿野さんのことを思っているのですよ」

「うん。たぶん、そうですね」

友哉は素直にうなずいた。

「猩子さんだって、登天さんのことを思ってますって」

「そうなのでしょうか？」

登天さんは顔を上げると、まっすぐに友哉を見つめた。チリチリと燃えてゆく日記の炎が映っているのに、登天さんの顔は白くて不安げだった。

「ええと、たぶん」

リップサービスの苦手な友哉は、自信なさげに口ごもる。そんな友哉をしみじみと見てから、登天さんは焚き火越しに遠い海の風景へと視線を移した。

「鹿野さん。猩子ちゃんをよろしくお願いしますね。猩子ちゃんは、機嫌の悪いときにはちょっぴりだけ怖いこともあるけど、本当はとても親切な子なのです。困っている人を放っておけない、優しい子なのです」

登天さんは自慢げに、それでいて心配そうに云った。同じタイミングで、坂の下から尖った声が響く。

「友哉くん、薪割りがまだでしょう。どこに居るの、友哉くん！」

飛坂をまっすぐに吹いてきた風に、ジャスミンティーのかおりが混ざっている。綴じ紐の切れた古い日記が、風に巻き上げられて頭上で舞った。

3

寝坊したのは、午前の講義が休講だったためである。

風でカーテンが舞い上がるたび、朝日が鋭く射し込んだ。その朝日を頬に浴びながら、友哉は夢にうなされていた。

夢の中、安達ヶ丘の頂上で友哉は綴じ紐の切れた日記を追っている。

たき火で燃されていた日記は、火の粉をはらんで上空を舞った。たき火の張本人である登天さんが、山火事になると云って慌てふためき、友哉の脚にすがりついた。

友哉は小柄な登天さんを脚にぶら下げたかっこうで、「えいッ！」と気合いを入れて飛び上がると、燃える紙片をつかもうとする。

――えいッ！

もう少しで手が届きそうなのに、紙片は風に乗って友哉をもてあそんだ。

坂の下では、猩子が呼んでいる。薪割りをしてとか、犬のフンを片付けてとか、矢継ぎ早に用事を云いつけるのだが、姿は見えない。

友哉の脚には相変わらず登天さんがしがみ付いて、懸命に訴えた。

——鹿野さん、お願いします。猩子ちゃんを、お願いします。

——友哉くん、友哉くん！

猩子が飛坂を登ってくる。青い着物の袖が、炎のように風に舞い上がった。

——友哉くん、友哉くん！

「はい、ただいま……」

すぐに犬のフンを片付けないと、猩子の機嫌を損ねてしまう。火のついた日記をつかまえないと、山火事になってしまう。

「はい、はい、ただいま……」

猩子の声は、急に男みたいな低さに変わった。

「友哉くん、友哉くん！」

相手は癇癪を起こしたのか、友哉の肩を鷲づかみにする。

「わ」

そこに居たのは猩子ではなく、禿頭を朝日で輝かせたアパートの管理人だった。

「しっかりしろ、友哉くん！」

　管理人に頬をたたかれ、友哉は手をばたつかせる。混乱する頭を振り、まだ眠いこと、しなければならない仕事のことなど、脈絡のない説明をした。

「あのね、管理人さん。おれ、今日の午前中は休講なんですよ。それに、焚き火で燃していた日記が風で飛んじゃって。それから、犬のフンを片付けないとバイト先の店長が怒るんです……」

「こちらの男性が、予告された被害者ですか？」

　寝ぼけた友哉をさえぎり、尋ねた者が居る。

　ひどく事務的で低いけれど、女の声だった。飾り気のない黒のパンツスーツに、少しだけそぐわない赤い巻き毛を無造作に結んだ若い女性である。

（かっこいい……）

　赤毛の女の後ろから、今度は沼の妖怪みたいなものが現れた。

（こわい……）

　平たく血色の良くない顔の両端に、小さな丸い目が油断なく光っている。低い鼻には丸い穴が二つ。唇はあるかなしかにうすくて、全身はやせこけ、ずいぶんとくたびれた背広を着ていた。

「サンショウウオ？」

　友哉はようやく目が覚めて、布団から飛び出る。

「あの……」

口ごもる友哉の目の前に、サンショウウオに似た男が、定期入れを差し出した。

定期入れは、本革の重厚なものだった。

縦型に開いた下半分に、金色の旭日章――警察のシンボルマークが付いている。上半分にある、顔写真と警部補・魚住林三の文字が目に飛び込んできた。

「これはもしや、定期入れじゃなくて、警察手帳じゃありませんか！」

少なからずミーハーな感動で、友哉はさけんだ。

パンツスーツの女も、同じものを出してみせる。友哉は目を丸くして、巡査部長・小川皆子という部分を読みとった。

「われわれは、県警刑事部の者です」

「警察の人なんですか？」

猩子が日記の代金未払いで訴えたのだろうか？

とっさにそんなことも考えたが、訴えたいのは、無茶苦茶な条件で働かされているこちらの方だ。友哉は説明を求めるように、刑事二人と管理人の顔を順繰りに見た。

「友哉くん、気を落ち着けて聞きなよ。うちのアパートに、怪盗花泥棒が来ちゃったんだよ。しかも、被害にあったのは友哉くんなんだ」

「うそ、なんで？」

友哉は、金目のものなど何もない部屋を眺め回した。

「予告状によると、きみの日記を盗むと書いてあったんだよ」

「日記、ですか？」

友哉はあくびを噛みころし、寝癖のついた頭をかく。

「うーん、そんなこと云われても」

実のところ、急に寝ぼけた風を装ったのは、動揺を隠すためだった。

閉じたノートパソコンの上に置いたはずのものが、なくなっている気がした。猩子に押し付けられた、百万円の『ためらひ日記』だ。

（それとも、日記堂に忘れて来たっけ？　ええっと、昨日は……）

テレビから怪盗花泥棒のニュースが流れ――。

佐久良肇氏が来店し――。

登天さんたちとカラオケに行くため、早めに店じまいをした――。

昨日、肝心の『ためらひ日記』を手にとったのかさえ、友哉は記憶がない。

「日記なんか、書かないよなあ。今どきの若者はさ」

「ええ。おれは書きませんけど」

うそではない。『ためらひ日記』を書いたのは、大正時代の青年だ。それを法外な値段で押しつけられ、返品もできずに強制労働を強いられている――と云いかけて、夢の中の登天さんを思い出した。木彫りの人形のような小さな顔が、笑い泣きみたいな表情でくしゃくしゃになる。

——鹿野さん。猩子ちゃんをよろしくお願いしますね。

友哉は吸い込んだまま無意識にためた息を、「ふは」と鼻から吐き出した。

「だろう？　いくら怪盗花泥棒でも、書いてない日記は盗めないよねえ」

管理人はいたずらとして片付けたいらしく、日記など最初からなかった——という方に話を運ぼうとした。

「本当に、有名な怪盗花泥棒が、おれの日記を盗むと云ったんですか？」

「予告状が届いたんですよ」

小川刑事が云った。

管理人のもとに、怪盗花泥棒から犯行予告が入ったのは一昨日のことだったらしい。

六月十六日深夜、コーポラス白菊三〇一号室に日記を頂戴しに参上。

怪盗花泥棒

「三〇一って、おれの部屋ですね。本当にそんなのが来たんですか？　すごいなあ」

これまでの例からして、怪盗花泥棒は美術館や豪邸ばかりを標的にしている。築三十年のアパートなんかに、そんな有名な泥棒が来るはずがないと管理人は判断した。つまり、いたずらだと思って放置したのである。

それでも、予告された夜が明けて、さすがに心配になった。念のために部屋をのぞいてみると、友哉は半身を布団に埋めて意識を失っていた。てっきり怪盗花泥棒と争って倒されたのだと早合点し、警察を呼んだらしい。

「おれは眠ってたんです。今日は午前が休講ですから」

「起こして、ごめん。あんな予告状、本物のはずがないもんねえ」

しかし、二人の刑事は、まだ用心深く怪盗花泥棒の痕跡を探しているようだった。

それを見ていると、本当に怪盗が侵入したような気がしてくる。

（いや、『ためらひ日記』はきっと、日記堂に忘れて来たんだ。有名な泥棒が盗むようなものでもないし。百万円もするのは、猩子さんの陰謀というか、意地悪なわけだし）

意味もなくTシャツの裾を引っ張っていると、小川刑事が鋭い声で尋ねた。

「ベランダの鍵は、掛けなかったんですか？」

「ゆうべ洗濯物を取り込んで、鍵を忘れたのかも知れない」

「窓も開けっ放し？」

「すみません。バイトで疲れてて、よく覚えてないんです。カラオケに連れて行かれた後で、山のてっぺんで焚き火を――」

それが現実のことなのか、今朝方の夢のことか。混乱がよみがえる。

「鹿野さん、本当に何も盗まれてないんですね？」

小川刑事は念を押した。

「はい。石鹼の買い置きとかなら、一個くらい消えても判んない気もするけど」

友哉はせまい部屋を歩き回り、洗面台の下のシャンプーのストック、最初から空っぽに近い冷蔵庫の中を確かめてから、頭を横に振った。

「被害がないなら、これ以上は検証のしようもありませんが」

小川刑事は釈然としない面持ちで、玄関に向かった。窮屈な玄関は、三人分の外履きで満杯になっている。小川刑事もヒールの低い革靴に足を入れ、通路に出た。

「隣の空き部屋は、施錠してないんですか？」

魚住警部補が、管理人に向かって尋ねた。

一同を追って通路に出たとき、ポケットの中で携帯電話が鳴った。母である。

――もしもし、友哉。アパートに泥棒が入ったんだって？

診察の合間なのか、話題が話題だからか、母の声はいつになく緊張している。友哉は通路の三人に向かって携帯電話を指し「母です」と短く説明した。

「うん。警察の人が来てる。警察手帳を見せてもらったんだ。ドラマで見るのと、そっくりで感動したよ」

――なにをのんきなこと云ってるのよ。あなた、無事なの？　犯人の人質になったりしてない？

「そうなってたら、電話に出てないって」

――あ、そうよね。

母は電話の向こうで変に高く笑った。

「それよか、母さん。どうして泥棒のこと知ってんの？」

――あなたのガールフレンドの、ほら、真美ちゃんが電話くれたのよ。あなたのアパートの前を通りかかったら、３０１号室で強盗事件があって警察が来ているって。３０１号室って、あなたの部屋でしょう。

「うん、そうだけど」

――もう、のんきな声だしてる場合じゃないでしょう。真美ちゃん、いくらあなたに連絡してもつながらないから、こっちに掛けてくれたの。

電話の後ろで、年配の看護師長の声が聞こえる。

母は「はい、はい」と答えてから、受話器を持ち直したようだった。そのすきに確認すると、真美からの不在着信とメールの履歴がぎっしりと続いている。慌てる気持ちと幸福感が、波となって押し寄せた。

――もしもし？　もしもし、友哉？

「あ、ごめん。確かに警察の人は来ているけど、何かの間違いだったみたい。真美ちゃんには、おれから連絡しとく」

――ともかく、今夜は帰ってらっしゃい。驚かせたおわびに真美ちゃんも呼んで、一緒に夕飯を食べましょう。友哉の好きなミルク粥を作ってあげるからね。

早口で云うと、こちらの返事を聞く前に、母は電話を切った。

ミルク粥が友哉の好物だったのは、もう二十年も昔のことだ。

「ジャスミンティーのかおりがしますね」

電話が終わるのを待っていた小川刑事が、するどい表情をふとほころばせた。

友哉は鼻をくんくんさせるが、そんなにおいは感じられず、ただ首をひねる。その様子を見て、小川刑事は納得顔でうなずいた。

「嗅覚は慣れると麻痺すると聞きます」

「ジャスミンティーじゃなくて、白茶というのがあります。父が昨日、とどけてくれまして」

友哉が人数分のカップを並べると、管理人が魚住刑事を呼んできた。

「この友哉くんのお父さんは、大病院の外科医から、屋台カフェのオーナーに転身したんですよ」

管理人は手際よく、刑事たちにお茶をくばる。

「医師からカフェ経営とは、勇気ある転身ですね」

魚住刑事が云うと、白茶を飲んだ小川刑事が「ほう」と息をついた。

「わたし、ちょっとうらやましいです。スローライフってのが」

「小川くんね。どんな仕事でも、実際に始めたらゆっくり出来るもんじゃないよ」

魚住刑事は白茶が気に入ったようだが、勇気ある転身には賛成しかねる口調だった。

「好きでする苦労は、苦労というよりも楽しい遊びと同じみたいです」

友哉がいうと、二人の刑事はようやく同じ顔でうなずいた。

「それは、同感ですね」

＊

できるだけ手間をかけた料理をたくさん作り、それを食べさせることで、この世の問題の大半は解決する。それが、母の信条だった。

診療においても口を酸っぱくして云うものだから、母が診た妊産婦は出産後、離乳食の鬼になるようだ。

真美を招いた今夜の食卓にも、離乳食の皿があった。泥棒の件を心配するうちに、友哉の印象が赤ん坊の頃に戻り、ミルク粥を作ってしまった――ということらしい。

「ミルク粥、美味いね」

皮肉もあるが、実は本当に美味い。

これが友哉の好物だと聞いた真美は、笑いと驚きを同時に浮かべ、黒目がちの目がきらきら光る。

「それ、サークルの皆にばらしていい？」

「だめだよ。かっこ悪すぎるもん」

「あら。お母さんの料理の、どこがかっこわるいんでしょ」

「そういう意味じゃなくて――。ええと、親父はまだ仕事？」

「オート三輪愛好家の集まりがあるんですって。息子が強盗に襲われたというのに、薄情なひとよねえ」

大きな皿に生野菜を盛りつけ、手作りの梅ドレッシングを振り掛けている。

「強盗じゃなくて、怪盗。あの怪盗花泥棒だって」

「鹿野くん、すごい。有名な泥棒じゃないの。何か盗まれたの？」

「別に何も……。というよりね、ただのいたずらだったんだよ」

友哉が云うと、母も真美も「あら、つまんない」とぼやいた。

「覆面パトカーっての？　友哉くんのアパートの前に、赤色灯をのっけたクルマが停まってね、管理人さんが玄関を出たり入ったり、おろおろしまくってるし。管理人さんに、わたし鹿野くんの彼女ですって云ったら、大事件だって教えてくれたんだけど。でも、中には入れてもらえなくて」

鹿野くんの彼女というフレーズに、友哉は天にものぼる心地になる。

（顔が赤くなりませんように、赤くなりませんように……）

浮かれる友哉をよそに、母と真美はしばらく泥棒騒動について語り合っていたが、いつのまにか話題はナスの胡麻煮のレシピに移っている。

「おれ、ナスの胡麻煮だけは、苦手なんだよな」

友哉が会話に加わると、女性二人は「むむ」と口をとがらせた。

「アレルギーを除いて、人間界には苦手な食べ物など、存在しないのよ」

「そうだよ。美味しいのに」

真美は柔らかいナスの実を箸で二つに割って、これみよがしに美味しそうに食べる。

「話は変わるけど、《地域研究会》の顧問の先生が、神社の石段から落ちて入院したんだって。国文学の丸山准教授なんだけど、大学の名誉理事の令嬢の婚約者なの。いわゆる逆タマとでも云いましょうか」

「あら、いいわね」

母と真美はそれからも、女同士で盛り上がっていた。そのまま、帰宅する真美を母がクルマで送り、友哉は一人で家に残される。泊まるつもりで来たから、読むつもりで持ってきた『古今和歌集』を開いた。

「ええと——力をもいれずして、天地《あめつち》を動かし、目に見えぬ鬼神をもあはれと思はせ、男女の仲をもやはらげ、猛き武士《もののふ》の心をも慰むるは歌なり——って、どういう意味？」

（親父、古語辞典とか持ってるかなあ）

父の部屋をのぞいてみると、医師時代と変わらず、機能的で居心地よく整頓されていた。インテリアの色調から形、文房具、それらのすき間部分まで、《ラプンツェル》の内装みたいに無駄がない。

机の前のコルクボードには、メモやスケジュールに混じって、画廊のパンフレットが張ってあった。

画廊《十三夜館》——香取虎一・回顧展。

ほの暗い銅版画のプリントが、機能的で明るい部屋の中では目立っていた。赤のフエルトペンで囲んだ部分を見ると、所在地と簡単な案内図が載っている。

（そうか。親父、あの亡くなった洋画家の先生と親しかったんだっけ——）

カフェ店主に転身した父に、香取氏は葉書大の小さな絵をくれた。父は、その絵をお守りみたいにオート三輪カフェの中に大切に飾っている。

実際、あの絵は父のお守りなのだろう。

アパートの管理人が武勇伝のごとく語り、魚住刑事は少し呆れていたとおり、父の勇気ある転身は本人だってかなりの精神的エネルギーを必要としたはずだ。高名な香取氏がカフェの開店を祝ってくれたことは、父にはきっと心強かったに違いない。

（母さんは賛成したけど、おれなんかどっちかと云うと、反対派だったもんね）

どうして反対したのか、父のカフェ経営が軌道にのった今では、友哉も当時の気分は忘れてしまっている。「心配だから」の一言で、人の行く手を阻むのは、思いやりなのか身勝手なのか——。友哉は画廊のパンフレットを見つめながら、父に申し訳ないような気持ちになる。

「ん？」

少しうなだれ加減に、古語辞典を探して書架を見渡したときだった。

カフェ経営手続きマニュアルと医学書の間に、思いがけない本を見つけた。

佐久良肇・著『甘～いマーマレードと、苦～い青春』

本を手にとろうとしたとき、またジャスミンティーのかおりがした。それはほんの一筋、友哉の頭上をとおって煙のように流れ、ふっと消えた。

（ジャスミンティーに取り憑かれている？　それとも、おれの鼻が変なのかな）

4

怪盗花泥棒に襲われそこなった友哉は、《地域研究会》の主役になってしまった。実際にはただのいたずらでも、本物の刑事が現場検証に来た。そんな人畜無害な騒動が部員たちの野次馬根性を刺激し、つかの間のスターダムにのし上がったのだ。

勢いにまかせ、友哉は陽気な同朋たちに飲屋街へと連れて行かれた。

サークル行きつけの細長い店は、カウンターとテーブル席、小上がりに分かれている。まだ陽も落ちないうちから、カウンターは年配の常連客でうまっていた。

友哉たちはテーブル席に座り、怪盗花泥棒の話を肴に、あっという間に酔っぱらってしまう。慌てて食べ物を注文すると、酔った勢いもあって、テーブルの上は皿でいっぱいになった。

部員の中で一番の美男が、友哉の手柄話そっちのけで、真美と六〇年代ファッションのことで盛り上がっている。気が気でない友哉は、やたらとビールを飲んでいるうちに体が冷えてきた。

——どこ行くの？　どこ？

——トイレ。だから、トイレだって！

せまい通路を掻き分けて手洗いから戻った友哉は、小上がりの衝立越しに、覚えのあるソフトモヒカンの先っぽを見つけた。

「あれ？」

日記堂のお客の佐久良肇氏だった。

衝立のすき間をのぞき込むと、もっと思いがけないことには友哉の父が居た。

本棚に著作を発見したときも驚いたが、二人が酒を酌み交わす仲とは知らなかった。佐久良氏と差し向かいで猪口を傾けながら、父はこちらを見て「おや」と笑った。

「友哉、おまえ、どうしてこんなところに居るの？」

「サークルの皆で来ているんだ。親父は？」

すっかり赤い顔になった父と佐久良氏を見比べて、友哉は目をまたたかせる。

「ぼくらはね、オート三輪仲間なの。——オート三輪に、乾杯！」

佐久良氏は自分の猪口を父の猪口にぶつけて、二人とも酒をこぼした。

「友哉くんたちも、こっちにいらっしゃい。皆の分、おごっちゃうぞ」

離れた場所に居た《地域研究会》の皆が、佐久良氏の声を聞きつけて、小上がりに押し寄せる。隣の卓の会社員たちまで巻き込んで、またたく間に異文化と世代交流の場ができあがった。

佐久良氏と隣の卓のＯＬにはさまれて、真美もオート三輪の話で盛り上がっている。それを見てほっとしながら、友哉はからっぽのグラスをあてて頬を冷やした。

(でも――佐久良さんもオート三輪好きだったなんて、意外だな)

何かのゲームをしていたらしい酔っ払いの団体が、声をそろえて叫んでいる。

「違ーうッ!」

*

佐久良氏が三たび日記堂を訪れた時、猩子と友哉はお茶を楽しんでいた。

友哉が《ラプンツェル》特製のミントティーを、水筒に入れて持参したのである。

「ごめんください……」

佐久良氏は小さく声をかけたが、店の二人はお茶の話題で盛り上がって気付かない。

「友哉くんのお父さんのお茶って、心に響く味わいよね」

「親父が聞いたら喜びます。心に響く――って辺りが目標みたいだから」

父の代わりに友哉が喜んでいると、戸口からやけに黒い影が伸びてくる。それでようやく、二人はお客が居ることに気付いた。

「あれ?」

しかし、長い影が見えたのは気のせいで、佐久良氏の足もとには、初夏の昼らしい短い影が落ちているばかりだ。

「いらっしゃいませ、佐久良さん」

友哉と猩子は、ほとんど同時に声を掛ける。

「また、いいかな」

佐久良氏は、浮かない顔で会釈を返した。

「どうしたんですか？　今日は元気ないけど」

気を回す友哉とは反対に、猩子は強い視線で相手の様子を観察している。

「髪の毛までしょぼくれてるわね」

耳打ちしてくる声が当人に聞こえそうで、友哉は気が気でない。

「これを返さなくては」

猩子の視線から逃げるように、佐久良氏はビジネスバッグを掻き回している。要領の悪い動作で、名刺入れや手帳などをこぼした末に、前に持ち帰った日記を猩子に返した。バラ色にラメをちりばめた『キャバ嬢バブリーダイアリー』だ。

「せっかく読ませてもらったけど、ここには、ぼくの欲しい答が見つからないんだ」

「佐久良さんの問題とは、中年の危機？　それとも、他にも何かおありなのかしら？」

猩子は不躾な調子で尋ねた。

「ちょっと、猩子さん。失礼じゃないですか」

　友哉は佐久良氏から見えないように、着物の袂を引っ張る。

　猩子は「黙って」と云うように、後ろ手にてのひらをぱたつかせた。

「あなたの問題を、本当に解決したいのならば、別の日記をお見せしますけど」

「ぼくが抱えている問題を、ご存じだと云うのかな？」

　猩子の視線を受けて、佐久良氏は挑むように切り返した。

「ええ」

　相手から目を離さないまま、猩子は書架の隅から古ぼけた本を引っ張り出す。日記ではなく、古本屋の店先で投げ売りされているようなおんぼろの文庫本だった。

『泥棒日記』ジャン＝ジュネ・著――。

「泥棒日記……」

　佐久良氏はタイトルを声に出して唱えたきり、力が抜けたように上がり框に腰を降ろした。

「どうしたんですか、佐久良さん」

　心配する友哉のことなど視界に入らないのか、佐久良氏は呆然と本のタイトルを指でなぞった。

「なぜ、ぼくが泥棒だと判っちゃったんだろう？」

「佐久良さん、泥棒なんですか？」

口を出す友哉の膝を叩いて、猩子は「お茶！」と命じる。

水筒に残っているミントティーを客用の唐津茶碗に入れて出すと、佐久良氏は感心したように器を眺め、茶を口にしてもう一度感心した。

「ああ、美味い。不思議なほど美味いお茶だ」

「このお茶には、強い自白剤が仕込んであります。云いたいことがあるなら、早く白状することです」

猩子は顔色も変えずに云い放ち、友哉は「そんなの、うそですよ」と叫んだ。

「そうだなあ。もう白状しちゃおうかなあ」

佐久良氏がそんなことを云い出すので、友哉はまた驚いた。

「白状って、何をですか？」

「だまして、ごめんね。先月来、ぼくがこちらの日記を求めていた理由は、人生に疑問が生じたとか、激務に疲れたとか、そんなことではなかったんだな。夜も眠れない、変に動悸がする。それには、もっと具体的な理由があるわけなんだ」

佐久良氏は言葉を切り、ミントティーをすすって「ほう」と息をはく。

「ぼくは中学の時に、泥棒をしたんだ。なんと、銀行強盗だよ。ばれないように工夫したつもりが、すぐに捕まっちゃったんだけどさ」

「ふむ」

「初等少年院という施設に入れられたよ。その間に、中学教師だった母がノイローゼになって退職した。少年院を出た後、父が勤務していた私立高校に編入させられたんだけど——」

佐久良氏は言葉を切り、茶碗を持ち上げるが、飲まないままに両手で抱えた。

「この唐津茶碗、高そうだね」

「盗んだら、承知しませんよ」

「ははは……」

佐久良氏はなおもしばらく間をおいてから、言葉をつなぐ。

「高校卒業の年に、ぼくはまた泥棒をした。それで、校長だった父は自殺しちゃった」

「そんな」

友哉は話の重さに耐えかねて、助けを求めるように猩子を見た。

猩子は目だけを動かして、（わたしだって、ビックリよ）と無言で訴える。

「少年時代の非行のせいで、ぼくは就職もできなかったんだよな。暇にあかして、祖父母の貯金を勝手に使ってクワガタ虫の投機に手を出した。値段の変動を利用して利ざやを稼ぐ、いわゆるマネーゲームというやつだね」

「クワガタの投機、ですか？」

友哉と猩子は声をそろえた。

「冗談のつもりだったんだけど」

「冗談って、あなた……。お祖父さん、お祖母さんの老後はどうするんですか」

「ところが、そのクワガタ虫の投機が大成功してしまったんだよね。それを元手に『佐久良の甘〜いマーマレード』を立ち上げたら、またもや成功した。まるで幸運の女神に、呪いを掛けられたようだよ」

「そんな呪いなら、ちょっと羨ましいけど」

友哉は小声でつぶやく。

「その時、ぼくは畳の上では死ぬまいと決めたんだ。両親を滅ぼした泥棒という罪で、自分自身をも滅ぼすんだ。そう考えて、ぼくはまた泥棒を始めたよ。判りやすく、予告状まで出して、警備の固い所ばかりを狙うのに。でも、どうしても捕まらない」

「予告状？」

猩子が青い袂を揺らして、腕組みをした。

「佐久良さん、あなた今、ご自分が怪盗花泥棒だと白状しましたね」

「え、そうなんですか？」

驚く友哉を、猩子は呆れたように振り返った。

「お客さまが話されることは、よく聴くこと。今時ね、マンガみたいに予告状を出す泥棒なんて、他に居ると思う？」

「つい最近まで、怪盗花泥棒のことも知らなかったくせに。えらそうに……」

「なんですって」

云い合いを始める二人を見つめ、佐久良氏は怒ったような声を出す。

「話を聞いてよね！」

「すみません」

「罪と罰は一つがいのものではないのかな……。悪徳と良心という二律背反。これこそが、ぼくに与えられた罰なんだろうか？」

佐久良氏は、手にした『泥棒日記』の文庫本を振り上げる。

「ひょっとして、うちのアパートにも犯行予告を出しました？　ぼくの『ためらひ日記』を盗むって」

「きみの日記を盗むなんて、誓ってそんなことしないよ」

佐久良氏は否定の意味で頬をぶるぶる震わせ、猩子は目をぱちくりさせる。

「あらまあ、友哉くん。百万円もする日記を盗まれちゃったの？」

「それが、よく判らないんですよ。部屋にもないし、ここにも置き忘れてないし」

「ドジな人ね」

猩子の余裕顔は、『ためらひ日記』の百万円という価格のウソっぽさを物語っているように見えた。友哉はこっそり猩子をにらんでから、気を取り直して顔をあげる。

「自首するべきですよ」

「自首はしない。逃げているところを捕まらなくては、けじめが付かないからね」

「その気持ち、おれ全然判んないんですけど」

「友哉くん、今のぼくの告白を警察に密告してくれよ」

「なに云ってんですか！」

当人に頼まれて密告したのでは、そもそも密告にならないのでは？　と友哉は思う。

ところが、猩子は納得顔で友哉の肩を叩いた。

「じゃ、友哉くん。それ、よろしくお願いします。お客さまのサポートよ」

「おれ、そんなのいやですよ。佐久良さん、自首してくださいよ」

友哉が強く云うと、佐久良氏は思い詰めたように「いくらになるだろうね？」と訊いてきた。

「お金つまれたって、密告なんていやです！」

「密告ではなく、この本の値段だよ」

佐久良氏は『泥棒日記』を指さして云った。

「百円になります」

ジャケットのポケットから百円玉を出した佐久良氏は、猩子と友哉の顔を順繰りに見つめ、ため息とともに店を出て行こうとする。

その背中に、猩子が鋭い声を投げた。

「佐久良さん、唐津茶碗！」

冷たい怒気に呼び戻され、佐久良氏は引き返して来る。ふくらんで見える懐中から、さっきまでお茶を飲んでいた大振りの唐津茶碗を出して、板の間に置いた。

「さすがにプロですね。油断も隙もないわ」

「見破るあなたも、ただ者じゃないなあ」

佐久良氏は生気を取り戻した顔で答えると、いくらか元気な足取りで出て行った。

「このままで、いいんですか？」

今まで佐久良氏の座っていた辺りを見やって、友哉は釈然としない顔をした。

「あの人は自分の正体を告白したのよ。だから、もう怪盗花泥棒は出ないわ」

猩子は、きっぱりと云った。

「でも、怪盗花泥棒の犯罪は迷宮入りになるかも知れないわね。それというのも、友哉くんが警察に通報しないせいで……」

「どうして、そういう理屈になるんですか！」

友哉は面食らって大声を上げた後、急に思い立ってもっと大きな声を出した。

「おれに押し付けた日記が百万円なのに、どうして佐久良さんからは百円しかもらわないんですか！」

「古くて、お茶やお醬油のシミがたっぷり付いている文庫本なのよ。それで百万円もとろうっての？　友哉くんて、本当に強欲な人」

猩子は心のこもらない調子で云うと、足袋の裏をぱたぱた鳴らして帳場に戻った。

＊

その夜、友哉はうなされた。

――怪盗花泥棒の犯罪は迷宮入りになるかも知れないわね。それというのも、友哉くんが警察に通報しないせいで……。

眠りに落ちそうになると、猩子の声がよみがえり、胸に突き刺さる。

小太りでソフトモヒカンの佐久良氏の顔が、脳の中で回った。

居酒屋の情景が浮かび、父が佐久良氏と親しかったことに思いをめぐらす。

（親父に云って、泥棒なんかと付き合うのやめさせなきゃ）

朝になったら電話しよう。でも、何と云おう。

佐久良氏の告白を日記堂の外で家族に話すとは、人道にもとる行為ではないか。

（しかし、うちの一大事だし――しかし、しかし、それこそ公私混同だよ）

考えあぐねていると、怪盗花泥棒からアパートに犯行予告が来たことを思い出す。佐久良氏は『ためらひ日記』を盗んでいないと明言したし、友哉はそれを信じている。そもそも、自分の正体と罪状を告白した後で、佐久良氏が『ためらひ日記』一冊分だけウソを云うのも無意味だ。

「…………」

掛け布団を両手でつかんで、友哉は暗がりをにらむ。

怪盗花泥棒に予告された日、この部屋には友哉の父が来たのだ。父が佐久良氏と親しかったのも、意外な事実ではある。まさか、怪盗花泥棒に感化された父が模倣犯……？

（そんな――そんな）

眠れないまま、夏至が近い空は白くなり始めている。

もぞもぞと寝返りを打ちながら、友哉は永遠に眠気など訪れないような気がしてきた。それでも、思索と夢は徐々に溶け合って、つぎに気が付いたときにはカーテンの隙間から、昼近くの強い光が顔に当たっていた。

「暑ぅ」

ねぼけながら布団から這いだし、テレビをつける。

画面には初夏の行楽地を紹介する番組が映っていたが、癇に障るチャイムが二度鳴ってテロップが流れた。

——怪盗花泥棒による犯行予告が、新たに送りつけられたもよう。声明文による

と、怪盗花泥棒は、個人経営の美術ギャラリーへの侵入を宣告している。

「個人経営の美術ギャラリーって、どこだよ」

思わずひとりごとを云う友哉の頭に、ほの暗い銅板画のイメージが浮かんだ。

画廊《十三夜館》——香取虎一・回顧展。

父の書斎に貼られたパンフレットには、《十三夜館》の案内図に赤のフェルトペンで印がつけられていた。

今夜、怪盗花泥棒に狙われているのは、画廊《十三夜館》だ。

そして、予告状は佐久良氏ではなく、友哉の父のしわざなのだ。

そんな気がしてならない。

友哉はせまい部屋をひとまたぎする勢いで、冷蔵庫に直行した。《佐久良の甘〜いマーマレード》を取り出すと、ラベルから電話番号を読んで、佐久良氏の会社に電話をかけた。

＊

怪盗花泥棒に犯行予告をされた《十三夜館》は、住宅地にある画廊だった。

市役所を定年退職した店主が、一人で切り盛りしているらしい。

まだ世間に認められていない新人や、美術は趣味と割り切ったセミプロの作品に加え、あまり価値のない骨董や工芸品を集めた——ささやかな店舗だ。

友哉は佐久良肇氏と二人、物陰からそのたたずまいをうかがっている。

「どうして、この画廊にニセモノが来ると？」

押し殺した声で、佐久良氏が云った。

父の部屋に、印を付けたパンフレットがあった。問題のニセモノの正体は、父なのだ——という言葉を飲み込んで、友哉は口ごもる。

「うん……なんとなく」

「こんな零細な画廊に、怪盗花泥棒の名で予告状を出すなんて。ぼくに対して、失礼だと思わないかい？　模倣犯というより、もはや名誉毀損だよ」

友哉の思惑を追及するのも忘れ、佐久良氏の声には憤慨がにじんでいる。

日記堂では、これまでの犯行を悔いるようなことを云っていたが、やはり怪盗花泥棒としてのプライドは高いようだ。

「でも、香取虎一の回顧展やってるんだね。香取虎一が、店主と個人的に親しかったのかも知れないな」

ショウウィンドウに貼られたパンフレットは、父の書斎にあったのと同じものだ。

「それにしても、佐久良さん。そのかっこう、変ですよ」

佐久良氏は体にぴったりと合った黒ずくめの上下に、黒い帽子をかぶっていた。小太りの体型があらわになって、まるで二足歩行するアザラシみたいに見えた。

「きみこそ、限定品のスニーカーとかで、足跡なんか残さないでくれよね」

「そのタイプのものは、持ってません」

夜陰にまぎれた二人は、《十三夜館》の裏へと回った。

佐久良氏は、友哉の知らない道具を使って裏口の扉を開くと、重力から解放されたような身軽さでせまい通路を進んでゆく。

不意にジャスミンティーのかおりが鼻先をかすめ、友哉は顔をあげた。

目の前に、振り返ったばかりの佐久良氏の丸顔があり、友哉は暗がりの中でのけぞってしまう。

「友哉くん、これをきみの父上と日記堂の店長さんに、差し上げてくれないかな」

佐久良氏が出したのは、てのひらに載るほどの二つのガラス瓶だった。

うす明かりにかざしてみると、新製品の《もっと甘〜いマーマレード》だと判った。日記堂に来店した時、佐久良氏が猩子に届けると約束していたものである。

「どうして、こんな時に——。自分で渡したらいいじゃないですか」

「まあ、そうなんだけどさ……」

佐久良氏はあいまいに答えて、先に進む。

友哉は瓶をパーカーのポケットにねじ込んで、急いで後を追った。うっかりミドリガメの水槽を落としかけ、口から心臓が飛び出そうになる。

(それにしても)

侵入する前、佐久良氏と一緒に周辺をうかがってみたが、警官の姿はなかった。

先日、友哉のアパートでの騒ぎと同じく、今回もいたずらだと警察は見破っている《十三夜館》も、閉店時間までごく普通に営業しているという無防備さだ。

のかも知れない。それでも、模倣犯はちゃんと存在しているのに——。

(ここ、なんだか不気味だな)

肝心の《十三夜館》は、画廊というよりもオバケ屋敷を思わせる店だった。

窓から差し込む常夜灯の光が、ブロンズ細工のフクロウや、油絵の凹凸を照らす。

壁に掛けられた刀剣や、能面は、こちらを敵視するような冷たい気配を放っていた。

一足進むごとに、床が鳴るのも気味悪い。

こごった空気の中に、重苦しい芳香が沈んでいる。

(またジャスミンティーのにおい?)

等身大の球体関節人形の、どこか造作の狂った顔立ちに赤色灯の光が横切って、友哉は飛び上がるほど驚いた。

　実際、両手を口にあてて身をこわばらせていた時、その人形の後ろで動くものを確かに見た。

　佐久良氏は、横に居る。

（誰？　誰？）

　友哉がうろたえているうちに、佐久良氏が動いた。

　人形の後ろに隠れたものに、飛びかかる。

……！

　球体関節人形は鈍い音を立てて転がり、四肢が不自然にゆがんだ。

　佐久良氏に飛びかかられた相手は、人形につまずいて転ぶ。

　その手から離れたアメジストのペンダントが、友哉の足もとまで飛んできた。

（真美ちゃんに似合いそうなデザインだ）

　こんな時なのに、江藤真美のことを思い浮かべてしまう。

　しかし、一瞬の陶酔は、弾ける閃光に掻き消された。

「眩しい……！」

　頭上で暴力的なまでの光を発するのは——ただの蛍光灯だった。誰かが電灯のスイッチを入れたのだ。

展示品が倒れる大きな音と、争う気配が続く。

アザラシそっくりな、極めて怪しいスタイルの佐久良氏に組み敷かれていたのは――やはりアザラシそっくりな泥棒スタイルの人物だった。

(だれ――?)

友哉の父にしては、華奢で小柄だ。父ではない。そう思って長い息をついたとき、吸い込んだカビくさい空気の中に、はっきりとジャスミンティーのかおりを感じた。

「わ!」

アザラシそっくりなかっこうをしただれかが、やはりアザラシそっくりな佐久良氏をはじき飛ばして、ヒュウッと視界を横切る。

強いジャスミンティーのかおりが、まるで人間の気配そのものとなって友哉の前を走った。

(逃げた――逃げられた)

追う友哉の足は、飛び込んできた別の気配に止められた。

「武器を捨てなさい!」

聞き覚えのある、鋭い女の声が響いた。

友哉のアパートの現場検証にも来た、小川皆子刑事だ。

その隣で、サンショウウオに似た魚住警部補が、展示品の十手を構えていた。

(ええと――ええと――ええと)

友哉はアメジストのペンダントを見つめ、佐久良氏の顔を見つめた。

二人の間で言葉とも云えない言葉が、刹那のうちに交わされる。

佐久良氏が、友哉の手からペンダントをひったくった。

その口が、声を出さないままに何か云っている。

(け・い・じ・さ・ん――こ・い・つ・が――か・い・と・う)

佐久良氏の口の動きのまま、友哉は腹話術人形のように同じセリフを声高に叫んだ。

「刑事さん、こいつが怪盗花泥棒です!」

ペンダントを握った佐久良氏の福々しい手首をつかみ、友哉は手を振り上げた。

＊

真美と一緒に、友哉は公園で開店している《ラプンツェル》に向かった。

紺色のタイルを貼った小さなカウンターに、友哉は佐久良氏からあずかった《もっと甘～いマーマレード》の小瓶を渡す。

狭いオート三輪の荷台――《ラプンツェル》の店内で、父はのろのろとマーマレードを受け取り、昨夜の魚住刑事たちと同じように「あまり危ない真似はしてくれるな」と小言を云った。

昨夜、佐久良氏の合図のままに、友哉が彼を警察に突き出したとき——佐久良氏はやはり口だけを動かして「あ・り・が・と・う」と云った。

怪盗花泥棒の現行犯逮捕に協力した友哉は、叱責と感謝を同じくらいもらった。

——こうしたことは、警察にまかせなさい。きみは、どうしてここに怪盗花泥棒が来ると判ったんだ？

——佐久良さんはバイト先のお客さんなので、言葉の端とかから、なんとなく。

口の中でもぐもぐ云う友哉に、小川刑事がふと優しく云う。

——でも、あなたのおかげで怪盗花泥棒を逮捕できました。ありがとう。ありがとう。

佐久良氏と同じ言葉を聞きながら、友哉は「真犯人は別だけど」と胸の中でだけつぶやいた。怪盗花泥棒の佐久良氏は、確かに警察に逮捕されたがっていたけど、今回の真犯人は別に居たのだ。佐久良氏よりもっと素早くて、しなやかで、ジャスミンティーのかおりをまとった人物。かおりがそのまま、ニセ怪盗花泥棒の着衣であり肉体ですらあるような気がした。

「佐久良さんに、ありがとうって云われたんだ」

佐久良氏当人の云ったとおり、ヤケっぱちになって犯行を重ねれば重ねるほど、怪盗の仕事は成功してしまう。失敗しようとして勝負に出ればでるほど、《佐久良の甘

〜いマーマレード》は売れてしまう。佐久良氏はそんな幸運を歓迎していなかったとしても、少なくとも昨夜の事件では犯人は別に居るのだ。

「佐久良さんは、それでいいのかな」

マーマレードの瓶を陽光にかざしたまま、父は嘆息した。

真美は珍しく何も云わないで、広場の向こう側にそびえるポプラの木を見ていた。友哉も言葉を発するのが億劫になり、真美とならんでポプラの高い木が空と接するあたりを見上げる。

昨夜は、友哉と佐久良氏のおかげで被害はなかった。

（いや、違うよ）

あの場には小川刑事たちも駆けつけていたんだから、友哉たちが居なかったら真犯人は捕まっていたに違いない。

（ニセ怪盗花泥棒が捕まっていた）

友哉は鼻をクンクンさせる。ハーブを煎じたさまざまなかおりが、小さなオート三輪の屋台からこぼれていた。その中には、ジャスミンティーのかおりはない。父は、かおりの強いお茶は使わないのだ。

（だけど、本当にそうなのかな）

ニセ怪盗花泥棒は、父ではないのか？

友哉がおそるおそる視線を移動させたとき、広場の真ん中でサッカーをしていた小学生の、受け損なったボールが転がってくる。返そうとした真美が、さらにあさっての方角に蹴ってしまい、笑いながらボールを追って行った。

「親父、おれの日記がなくなった前日、うちに来たよね」

屋台の暗がりに向かってためらいがちに問うと、父はカウンターから人形劇みたいに顔を出して、やはりためらいがちにうなずいた。

「ごめん。おまえの部屋から、これ持って来ちゃった」

気まずそうな顔で差し出してよこしたのは、百万円の『ためらひ日記』である。友哉はひったくるようにしてそれを胸に抱えると、怒った声を出した。

「どうして、そういうことするんだよ」

「怪盗花泥棒のことは、佐久良さん自身から聞いていたんだ。彼、おまえのバイト先にも現れているみたいだし。それで、つい心配になって探りを入れてみたりして。親として失格だと判りつつも、日記まで見てしまった」

「ええ？」

友哉が佐久良氏から悪影響を受けないかと、父が気を回していたとは意外なことだった。結局、親子でお互いを疑い、お互いのために同じようなことをしていたのだ。

「でも、おまえ、文章がうまくなったね」

「これ、おれの日記じゃないよ。日記堂で買ったの」

「だって、自分のことを書いているじゃない？　真美ちゃんと猩子さんの間で、どっちが好きなのか自分でも判らなくなって――」

「おれの日記じゃないってば！」

「照れなくてもいいよ。だれにも云わないから」

気後れ顔だった父は、いつの間にか変に目尻を下げて笑っている。

「当たり前だろ、人の日記を勝手に読んで」

「やっぱり、おまえの日記なんだ」

父がニタニタ笑いをしていると、真美が戻ってきた。気まずい空気が去ったのを感じたのか、真美の表情が明るくなっている。

タンポポコーヒーとともに出されたトーストに、三人は《もっと甘～いマーマレード》を塗って食べた。

「このマーマレード、あまり甘くないね」

「そうだね、少し苦いね」

視線を移すと、父は《もっと甘～いマーマレード》の瓶を持ち上げて、万華鏡のように陽光にかざしていた。目尻と眉毛が、悲しげに垂れていた。

第三話　しのびよる

1

期末試験が終わった日、友哉は購買部横の自動販売機の前で、ささやかな逡巡を楽しんでいた。

（やっぱり、コーラにしよう）

ボタンに指をのせたとたん、横から伸びてきた手が友哉の腕をつかんだ。

「……？」

振り返った背後には、スタンドカラーのシャツを襟元まできっちりと留めた、長髪の男が立っている。目鼻立ちのはっきりした美男だが、その顔はすごく大きい。

「丸山先生」

背後で瓶の落ちる音がした。

友哉はぎこちなく笑って手をどけると、自動販売機の取り出し口にしゃがみ込んだ。別のボタンに触れたのだろう。取り出し口に落ちていたのは、コーラではなく乳酸飲料だった。

「鹿野くんは、赤ちゃんくさいものを飲むんだね」

丸山先生と呼ばれた男は、おかしそうに友哉を見つめる。

「期末試験の調子はどうだった？　鹿野くん」

七月の空の下、丸山先生の整った顔立ちと、白いシャツがまぶしい。

「あの、丸山先生。おれの試験の成績、そんなに悪かったんでしょうか？」

「鹿野くんの成績は、抜群に優秀だよ。さすが、三浪しただけのことはある」

「ひと言よけいです」

友哉は乳酸飲料のふたを開けた。

「それより、鹿野くん。きみは日記堂でアルバイトをしているんだってね。ぼくのことを、紀猩子さんに紹介してくれないか」

＊

季節が進み、安達ヶ丘では多様な植物が、めいめいに最盛期を迎えていた。

ふもとから伸びる飛坂にも、草いきれが吹き付けてくる。

（今日もまた、来てしまったなあ）

最近では日記堂に通う理由すら忘れている友哉だが、飛坂を登る時には足が重くなった。

「こいつはまた、きつい坂だなあ」

かたわらで、丸山先生も音を上げている。さっきからしきりとこちらを見ているのは、助けてほしいという合図のようだ。

「先生、しっかりしてください」

背中を押してやると、丸山先生は遠慮もなく体重を持たせかけてきた。

「鹿野くん、きみは実に頼りになる男だ。この調子で、がんばってください」

「先生も少しは、がんばりましょうよ」

「鹿野くん、人という文字はね……」

「一方的に短い方が、長い方を支えてんですよね」

「年長者をたてることを覚えないと、いずれ就活で損するよ」

「はい、はい」

「ときに――日記堂の店長をしている紀猩子さんだが、あの人はどうして日記なんて商っているんだろう。日記を売る店なんて、不思議な商売だよね」

「ええと」

友哉は「人」という文字のかっこうで丸山先生の背中を押しながら、日記堂で猩子の云う言葉を思い浮かべた。

――日記を、読むにふさわしい誰かに譲ることができたら、幸せなことですよね。

――日記に書かれた誰かの日常が、読んだ人に寄り添ってくれるのです。

実際、日記に残された言葉が次の世代に伝承されたことも、力技で人の運命を矯正してしまったことも、友哉は目にしてきた。そのことを伝えると、丸山先生は重たい上体をよけいに反らして、こちらを振り返った。

「猩子さんは、どうして日記屋さんなどしているのだろう。ご家族の方なんか会ったことあるかい？　親御さんは、どんな方なんだろうね？」

「あれ？　ひょっとしたら、先生は猩子さんを口説くつもりなんですか？」

「ば――馬鹿を云いなさい」

丸山先生の整った大きな顔が赤くなり、反り返る背中の角度も大きくなった。人という人文字がひしゃげ、先生の体重を支える友哉も顔を赤くして足をふんばる。

「日記堂にはすごく強そうな人が出入りしているから、下心で近付いたりしたら、やっつけられちゃいますよ」

友哉がそんな脅し文句を云ったとき、当の強そうな人――鬼塚氏が日記堂から出て来た。いつもどおり猩子に日記の山をとどけ、デッドストックを、重たいながもちに詰めてどこかへ持って行く。

（どこかって、どこなんだろう？）

友哉がそう思ったとき、のしかかってくる重さが不意に消えた。丸山先生が体重をかけてくるのをやめたのだ。

押し返す相手を失い、友哉は前のめりに転ぶ。

そんな友哉を気にとめるでもなく、丸山先生は一人でさっさと坂道を登り始めた。

「なんだ、一人で登れるんじゃん」

息をつく友哉を置いて、丸山先生は坂を登って行く。日記堂に着いても立ち止まりもせず、追って行く前方にはあの鬼塚氏の背中があった。

ズシッ……ズシッ……。

鬼塚氏の足取りは速いものではないのに、手ぶらの丸山先生は追いつくことが出来ない。聞き覚えのある空気の振動が、友哉の居る場所の地面にも伝わってきた。

——好奇心は……をも殺す。

予期せず、そんなことわざが頭に浮かんだ。

「先生——丸山先生！」

友哉はどうしてなのか、変な不吉さにとらわれて、気がついた時には大声で丸山先生を呼んでいた。

悪夢を見ているときや、映画のスリリングなシーンでは、えてしてこんな呼び声は無視されてしまうものだ。そのもどかしさを嚙みしめながら声を涸らす友哉を、意外なことに丸山先生は「どうした、どうした」なんて云いながら振り返る。

「保育園の子じゃないんだから。転んだら一人で起きなさいよ、鹿野くん」

丸山先生は速い小股歩きで降りて来た。

「はい、はい」

ひざの土を払う友哉は、丸山先生と並んで日記堂のある広場までたどり着いた。開けはなった戸の真ん中に、ガラス風鈴が掛けてある。短冊を揺らす風は暑いが、ガラスの音色は氷が触れ合うのを連想させた。

「あら、いらっしゃいませ」

風鈴と同じほど涼しい声が、二人を迎えた。

猩子は、花瓶にシモツケの花を生けているところだった。友哉がお客を連れて来たのを見て、ほめるように微笑む。一本に結った長い髪が、背中で流れた。

「どんな日記をご所望ですか？　それとも、日記を引き取らせてくださるのかしら」

丸山先生は店の土間に立ち尽くし、猩子の様子に見惚れている。猩子と友哉がいささか面食らった視線を交わした時、丸山先生が思いきった声をあげた。

「紀猩子さん、実を申しますと、ぼくは恋をしています」

丸山先生は革靴を脱いで上がり込むと、板の間に膝を折って座った。座高が高いので、背が伸びたように見える。

（やっぱり先生は、猩子さんを口説きに来たのか？　でも、丸山先生って名誉理事の令嬢と婚約してるんじゃなかったっけ？）

友哉が興味津々で耳を傾けていると、丸山先生の大作りな顔がこちらを見た。

「鹿野くん、勘違いしないでください。ぼくは何も、こちらの美しい婦人に恋の告白をしに来たのではないんだ。今のぼくには、導き手となる日記が必要だ。しかし、まずは、順序だてて説明しなくては。何か書く物を貸してくれませんか」

「は——はい」

友哉はうながされるまま、辺りをさぐる。手元にあったのは広告の裏紙だけで、友哉はそれに筆ペンをそえて差し出した。

猩子は黙って、丸山先生の前に座っている。その目がもの云いたげにこちらを見たので、友哉は慌てて麦茶を取りに行った。

丸山久二彦、三十二歳

安達さおり、二十八歳

秋村樹里、二十三歳

戻って来ると、丸山先生はなよめいた細い書体で、三人の人名と年齢を書いていた。裏から『大特価/夏休み応援セール!』という文字が透けて見えるのが申し訳ないほど、美しい筆跡である。

(それにしても、この人は何を書いているんだ?)

存在感を消した友哉は、お客と女店主に麦茶を出した。

「ぼくは去年、安達さおりという女性と婚約しました」

丸山先生は唐突に云って、《安達さおり、二十八歳》という文字を指さす。

友哉が日記堂で働き始めて二ヵ月ほどになるが、来店したなりこんなにも具体的な身の上話をするお客は初めてだった。

「聞けば、この安達ヶ丘は安達家の所有だとか。ここにお店を構えているということは、あなたも安達家の方なのですか」

「遠縁、とでも云っておきましょうか」

淡い朱色の紅を塗った猩子の口が、どこやら人形のように動いた。

「ご心配なく。わたしは日記堂のあるじとして、常にお客さまの味方です。遠慮なさらず、何でもご相談くださいませ」

「それを聞いて安心しました」

丸山先生は麦茶の器を持ち上げ、一口で飲み干した。

「さおりさんとは、昨年九月にお見合いをいたしまして、縁談は着々進行中です」

「それは、おめでとうございます」

心が読めない声で、猩子は云う。

（いいのかなあ）

日記堂に連れて行けと云ったのは丸山先生の方だが、猩子は必ずしも《お客さまの味方》とは限らないのだ。

「ところが、あまりめでたくないのです」

「ほう」

うながす猩子の声に、楽しさが混じったのを友哉は聞き取った。

「実は、他に気になる女性が現れまして……」

丸山先生の整った大きい横顔が、赤くなる。その指がたどったのは、《秋村樹里、二十三歳》と書かれた部分だった。

「ほほう」

猩子が、さらに優しげに先をうながした。

「ぼくの心を気取ったのか、さおりさんは実力行使に出たんです」

「実力行使とは、どのような?」

「さおりさんのお父さんが、安達家の屋敷内に、ぼくらのための新居を建てました。それがまた、たいそうな代物で――」

浮気心を胸に秘めた丸山先生にとっては、恫喝するがごとくの豪邸だった。

しかも、新婚夫婦の住まいでありながら、丸山先生の希望は一坪分すら入っていない。その代わり、義理の両親や安達家の人間が起居する部屋は、家の中心に配置されていた。

新居の件にとどまらず、安達家の動きは素早く、かつ大袈裟だった。

計画中の結婚式の規模は、名高い芸能人並みらしい。

親戚一同が打ち揃って晴れ着を着け、婚約祝いのお宮参りもした。

「ぼくは直前に腰を痛めたので遠慮したかったのですが、それは無理な相談でした。腰痛のぼくは電動車イスに乗せられて、お宮参りに連れて行かれ――」

電動車イスの操作を誤り、神社の石段から転落してしまった。

車イスは大破し、腰痛の丸山先生はさらなる大ケガをして入院した。

大学の仕事のことが気になったが、身動きもできない。これも人生の中休みと諦めて、病室の患者仲間とおしゃべりでもしながら過ごそうと、自分に云いきかせた。

ところが、収容されたのはホテル並みの個室だった。

一泊十万円の大枚は、婚家が全額負担するという。

――きみもこれくらい、自力で工面できるようにならんとな。いつまでも、安達家の居候であっては困る。大人として、プライドというものを持ちなさい。

そう云ったのは、未来の舅である。

「これでカチンとこない人間が居るでしょうか」

「確かに、ちょっとひどいなあ」

後ろで聞く友哉も、つい独りごちる。

「ぼくのハートはさらに粉々にされるのですよ」

丸山先生が寝台に落ち着いてやっと一息ついたころ、未来の舅は院長室に押し掛けて十万円の個室が貧弱だと騒ぎたて、十分の一である一万円に値切ったのだった。

「ほう。やるわね、安達……」

ふと脇を向いた猩子が、小さい声で云ったのを、友哉は聞き逃さなかった。

「入院していた間、ナースたちがぼくのことをこっそり、《十分の一の男》と呼んでいたのを知っています。悪意というものを知らないさおりさんも、それを小耳に挟んだのか《十分の一の男さん》などと平気で口に出します。最近では《居候さん》なんて、呼ばれたりすることもありますが」

「さおりらしいわ……」

「そんなこんなで、いろいろありましてね」

安達さおりへの気持ちは急速に冷めた。

反対につのるのは、《秋村樹里、二十三歳》という女性への想いである。

(勝手なこと云ってるなあ、丸山先生。でも、二人の女の人の間で揺れ動く優柔不断さって……他人事じゃないかも)

興味津々で聞き耳を立てていた友哉は、突然に響いた黒電話の音に驚いた。

「ごめんあそばせ」

友哉とは対照的に、猩子は落ち着いた態度で立ち上がる。

小紋の色足袋がぱたぱたと遠ざかるのを、計らずも同じ視線で見ていた友哉と丸山先生は、ふと目を合わせた。

「鹿野くん、そこに居たのか。ちっとも、気付かなかったなあ」

「おれ、存在感ないですから」

友哉は空の器に麦茶をつぎ足した。

「幸せって難しいですね、先生」

「そうだね、鹿野くん」

二人がしみじみと云っているところに、猩子が戻って来る。それまで冷静に丸山先生の話を噛みしめていた猩子が、やけに浮かれた顔になっていた。

「あのね、友哉くん。お使いを頼みたいんだけど、いいかしら？」

「はい」

友哉は、いつもどおりにうなずいた。猩子を相手に、断るという選択肢はないのだ。

「ニュータウンの入口に、《不知火《しらぬい》》って小料理屋さんがあるんだけど、北海道産の夏毛ガニが手に入ったんですって。それを、特別に分けてくださるそうなの」

「カニって、冬に食べるものだと思っていました」

「ふふ。素人ね、友哉くん――」

猩子は細い手をこすり合わせて、歌うように云う。

「夏毛ガニってのは、ほどよく汁気もあって、甘さも強くて、この時季のものじゃなきゃ食べないなんて云う、毛ガニ好きも居るのよ」

猩子は、うっとりと目を細めた。

「友哉くん、ひとっ走り《不知火》まで行って、ゆでた夏毛ガニを二匹、買ってきてちょうだい。納屋にある自転車、使ってもいいわよ。ただ、タイヤが二つともパンクしてるから、ふもとの自転車屋さんで直してもらってね」

猩子は、友哉の背中を押した。

「自転車の修理代と、毛ガニの代金を下さい」

「え？」

猩子は不思議そうな顔をして見つめてくる。

負けずに見つめ返すと、猩子は呆れたように肩をすくめた。

「やれやれ、今どきの大学生は、しっかりしてるわ」

帯の間からビーズ細工の蝦蟇口を取り出す猩子を、友哉はふくれっつらで見つめた。

＊

自転車のパンクを直し、《不知火》で塩ゆでした毛ガニ二匹を受け取り、自転車を飛ばして安達ヶ丘のふもとにたどり着く。

飛坂の急勾配を自転車を押して戻った時、ちょうど丸山先生の苦悩の物語が終わったところだった。

猩子は嬉しそうに毛ガニの一匹を皿に載せ、もう片方を友哉に渡す。

「ご苦労さま。これは、あなたのボーナスよ」

にこやかに云ってから、猩子は丸山先生に向き直った。

思わぬいただきものに驚く友哉のことなど、視界からも意識からも追い出して、猩子は一冊の日記を差し出す。葡萄《えび》色のビロードを張った表紙に、銀糸で《日記》と刺繍した典雅なものだった。

「丸山先生は、これをお読みになると良いと思います。他の人の迷いを客観的に読み解くことで、ご自身の心を見極める目も養われるというものです。進むべき道も、おのずと見えてくるでしょう」

猩子は少々怪しげな説得力をもって、そう云った。

「おいくらでしょうか」

内ポケットを探る丸山先生の手を、猩子はそっと止めた。

「お代は、お読みになってご満足いただいてからで結構です」

「なんと、良心的な」

（良心的なもんか。気に入らなくても、同額の返品代を請求されちゃうんだぞ）

つぶやいていると、猩子が振り返ったので、友哉は毛ガニを抱えて後ずさりする。

「友哉くん、急いでちょうだい。あなたには、お客さまのサポートをお願いします」

「サポートって？」

「こちらはこれから、婚約者の両親と一緒に、快気祝いの一泊旅行にお出掛けになります。友哉くんは、その旅行に同行してさしあげてね」

「はあ」

呆然とする友哉の目の前で、猩子は柏手を打った。

「ほら、友哉くん、急いで、急いで！」

「そんな」

「はい、急いで、急いで！」

猩子は容赦なく急かしてくる。

友哉は毛ガニを抱いてウロウロした後、文机に戻って財布や鍵などをポケットに押し込んだ。

「鹿野くん、よろしく頼む」

店の土間におりて靴ベラを使っている丸山先生も、催促するようにこちらに顔を向けている。

「はい」

はい、はい、と繰り返してスニーカーに足を突っ込んだ時には、友哉は毛ガニをどこに置いたかなど完全に失念していた。

2

丸山先生が婚約者と待ち合わせた場所は、安達ヶ原ニュータウン北口近くにある喫茶店だった。ざる蕎麦のオブジェが屋根に飾ってあるのは、最近まで蕎麦屋だったからだ。

友哉たちがタクシーを降りて店に入ろうとした時、金色のフォルクスワーゲン・ビートルが駐車場に入って来た。

「ああ。彼女だ」

丸山先生は甲高い声で云って、友哉の足を止める。

根っからお嬢さん育ちだという安達さおりが、古い型のビートルを自ら運転して現れたのが、意外な気がした。

「さおりさんは、古いクルマが大好きでね。ビートルに乗る分には構わないが、人力車やリヤカーまで欲しがるんだから、ほんと困った人なんだよ。結婚式は馬車に乗りたい、なんて云ってるんだから」

「あれ？　先生、ひょっとして、のろけてます？」

「いやいや、とんでもない」

丸山先生は大きな顔を振った。

「婚約者なんだから、のろけてもいいんですよ」

「鹿野くん、きみね――」

さおりのビートルは、駐車場を器用に回って、丸山先生のかたわらまで来る。運転席のドアが開くと、巨大な黄金虫が片羽を広げたように見えた。

細い足首をそろえて降り立った人が、日射し避けの大きなサングラスを外す。小さな一重まぶたの目が、ちんまり、またたいた。ウェーブした長い髪も、柔らかいワンピースも、友哉にはお馴染みの姿だ。

「まあ」

「あの、ピレネー犬の？」

丸山先生の婚約者とは、日記堂に続く飛坂を、愛犬の散歩コースにしている婦人だった。それが奇遇などではないと気付いて、友哉は「なるほど」と手を打った。

「そっか。あなたが、安達さおりさんなんですね」

安達ヶ丘は安達家の私有地だから、この婦人は大手を振ってエチケット袋も持たずに、あのピレネー犬を散歩させていたわけだ。

「久二彦さん、こちらの方とはお友だちなの？」

「彼はぼくの教え子でね、今日はどうしても付いて来ると云ってきかないので……」

丸山先生は友哉に向こうずねを蹴られて黙り込み、さおりは屈託なく笑った。

「仲良しなのね」

「学生の面倒を見るのも、教員の仕事だよ」

丸山先生も顔をほころばせるので、友哉は不思議な気持ちになる。

(この人たち、すごくお似合いだと思うけど)

そんな友哉を後ろに乗せて、金色のビートルは県境近くの温泉地に向かった。このクルマの後部シートはなかなか窮屈で、さおりが幾度か道を間違ったせいもあり、二時間あまりのドライブは、まるで悠久の時に感じられた。

「うちの犬、鹿野さんのことが大好きなのよ。飛坂で鹿野さんに会うのが楽しみだから、明日のお散歩はきっとガッカリしてしまうわね」

ハンドルを握るさおりは、ルームミラー越しに微笑む。

じゃあ、犬のフンは飼い主のあなたが片付けようよ。……という言葉を云えずにいると、道が跳ねて友哉はリアウィンドウに後頭部をぶつけた。

悲鳴を上げた拍子に、後続車の運転席に青い着物の女性を見たように思う。とっさに車種は判別できなかったが、白い軽トラックだ。

(猩子さん?)

そんなはずはないと目をこするうちに、軽トラックは強引に車線を変えて、こちらのクルマを追い越して行ってしまった。

「あの軽トラ、乱暴な運転だなあ」

助手席で、丸山先生が文句を云う。

気を取り直して、友哉は平和な話題を探した。

「さおりさんが留守だと、犬の散歩はどうなっちゃうんですか?」

「わたしが留守のときは、お手伝いの人が代わりをしてくれるの。だから、結婚してからも、安心して旅行に行けるわよ」

さおりは機嫌良く答えた。

「そうそう、そうだね」

丸山先生は明るくうなずき、金色のビートルは渓流沿いの温泉旅館に到着した。

＊

「痛い」

おじゃま虫くん。

さおりの父は友哉をそう呼び、短い旅行中の正式名称となってしまった。

「いやいや、失敬失敬。わたしは、腹に含むところのない性分でね」

未来の婿を《居候》呼ばわりする安達氏は、そう自己紹介した。

片や丸山先生は、安達氏を前にして防衛モードに入っている。

「おじゃま虫くんが、今日はどうしても付いて来ると云い出しまして」

ロビーにて、丸山先生はこのウソを繰り返し、さおりの両親は面倒見が良いと云ってほめた。その様子を見ていると、丸山先生が無理にも友哉を連れて来たことに納得がいった。


安達氏∨丸山先生（居候）∨友哉（おじゃま虫くん）

こんな図式ができて、丸山先生の居心地の悪さは緩和されているようなのである。

「わが居候の婿どのも、おじゃま虫くんも、あんなしょうもない学校で満足していないで、もっと広い世界を見ないといけない」

「あなた。ご自分が名誉理事をしてる大学を、そんな風に云うものじゃないわ」

毛足の長い絨毯に足首までうずめている安達夫妻は、雲の上を逍遥するちょっと感じ悪い神々のように見えた。

「ささ、鹿野くん、こっち、こっち」

丸山先生は器用な摺り足で後退して来ると、友哉の腕をつかんでその場から逃げ出した。部屋に入って後ろ手に扉を閉め、スリッパを脱ぎ散らかして上がり込む。

「あの人たちと居ると、息がつまるよ」

陽に灼けた畳に正座して、疲れた様子で首の骨を鳴らした。

「さてと、読書でもしようかなあ」

丸山先生が読み始めたのは、猩子から渡された葡萄色の美しい日記だ。よほど面白いのか、ページを開いたとたん、食い入るように読んでいる。

友哉は退屈になって外の景色を眺めた。

この奥には霊山と呼ばれる裸の山があり、硫黄を多く含んだ温泉が湧き出ている。景観が特異なことから、昔からスピリチュアルな場所として特別視されてきた。

「この辺りって、方位磁石が利かないそうですよ」

備え付けのパンフレットを手にとって、友哉はなかば独りごとのように云った。

一帯は観光地の扱いだが、土産物屋が立ち並ぶこともなく、観光ホテルもこの一軒しかない。窓から入って来る風は、安達ヶ丘よりも濃い緑のかおりがした。

建物の裏手に露天風呂があるというから、見に行くのも悪くない。

そう思って腰を上げたとき、部屋の入口からさおりが顔を出した。

「お邪魔します」

小さい目と小さい口が、こぢんまりと微笑んでいる。

「わあ、すてきなお部屋。わたしも今夜、こっちにおじゃましてしまおうかしら」

それまで微動だにせず日記に没頭していた丸山先生が、びくりと顔を上げる。日記を座布団の下に隠すと、とてもわざとらしく鼻歌を歌った。

「久二彦さん、何か隠しましたか？　何を読んでいたの？」

さおりは子どもっぽい天真爛漫さで、丸山先生にまとわりついた。

「何も読んでなんかいないよ」

「うそをついたら、お父さまに云いつけますよ」

さおりは丸山先生の背中についた糸くずを払ってやり、テーブルの上の茶菓子を割って口に運んでやった。

「あの……。おれ、おじゃま虫くんなんで、さおりさんと部屋を代わりましょうか？」

「え、そんな」

婚約者たちは異口同音に云って、丸山先生は頭を横に、かおりは縦に振った。

互いのそんな動作を横目で見つめ合った二人が、また同時に何かを云いかけた時、天井のスピーカーから雑音がこぼれる。

咳払いが二回聞こえて、甲高いアナウンスが流れた。

——お客さまのお呼び出しを申し上げます。安達さおりさま、安達さおりさま。お友だちが、別館裏の露天風呂前でお待ちです。

「ほら、さおりさん。お友だちだって」

丸山先生はスピーカーを指さしてから、その指を露天風呂の方角に向けた。

さおりは小さな目をぼんやりさせていたが、ハッとした表情で立ち上がる。

淡い色のワンピースが、舞い上がってからしぼんだ。それが、まるでスローモーションのように見えて、友哉はどうしてなのか胸騒ぎがした。

「すぐに戻りますね」

少女ぶった仕種で両手を振り、さおりは部屋から出て行く。

その姿を見送って、丸山先生は止めていた息をついた。

「ぼくはね、鹿野くん。この旅行中に、さおりさんに別れを告げるつもりなのだ」

「ええ、もったいない。相手はお金持ちなのに」

「鹿野くん。大人が人生の決断を下したとき、『もったいない』などと軽々に云い捨てるのは、失敬だぞ」

丸山先生は珍しく機嫌を損ねたらしく、座布団ごと体の位置を変えた。隠していた葡萄色の日記を、また読み始める。

「それって、どんなことが書いてあるんですか？」

「恋する女性の胸の内だよ」

「なんだか、くすぐったい感じ」

友哉がにやにやすると、先生は「とんでもない」と云ってこちらに向き直った。

「みにくいほど赤裸々な女の本心が書かれてあるんだ。怖くて、目も当てられない」

「その割には、熱心に読んでるみたいですけど」

「実は、先が気になってやめられない。いささか癖になる味わいを感じているんだ」

いいかい、と云って丸山先生は日記の一部を声に出して読み始めた。ていねいなことに、女性の声色を使うものだから、なかなか不気味に聞こえた。

「——どう考えてみたって、わたしの方が、あの人とお似合い。わたしの方が若いし、頭だっていいから、健康で賢い子どもを産んであげられるのに。それだけでも、あの人を愛する権利や、獲得する権利もある。略奪する権利だってあるってことだ。あの女は、わたしよりずいぶんと年上だし。頭も悪いし。優しいフリしてるけど、あんなの演技に決まっている。いやな女。腹黒い女。第一、ブスだし。それに、あのブリッ子。きっと男の人は誰だって、あのブリッ子が鼻に付いているはずだ——」

丸山先生は言葉の毒を流すように、備え付けの煎茶を飲んだ。

「ブリッ子って、ちょっと可愛い死語ですよね」

「ぼくは、そんな言葉は嫌いだね」

丸山先生は葡萄色の装幀に手をやって、同情ぎみに云う。

「こんな日記を書く女性と一緒になる男は、さぞかし不幸だろうな」

「少なくとも、さおりさんはこんな人じゃないと思います」

友哉はそう云ってから、さおりが丸山先生に手ずから食べさせようとしていた茶菓子の残りを見た。

友哉の言葉が聞こえなかったのか、聞こえないフリをしているのか、丸山先生は残りの茶菓子を並べてハートの形を作ったりしている。

「日記といえば——紀猩子さんは、紀貫之の子孫なのかな？」

「紀貫之って『土佐日記』の作者の？」

「そう。ぼくは、紀貫之にとても興味があるんだよ。『竹取物語』の作者が紀貫之だという説を、鹿野くんは知っているか？『竹取物語』は最古の小説だと云われているが、ぼくはあれが、日記だと考えている。『竹取物語』には真実が書かれている、と」

「はあ？」

『竹取物語』といえば竹から生まれた赤ん坊が、竹も顔負けの短期間で美しい女性に成長し、多くの求婚者を翻弄した後、不老不死の薬を置きみやげに故郷の月にかえるという話。これを日記だという丸山先生を、友哉はただ呆れ顔で眺めた。

そんな態度が気に入らなかったのか、丸山先生は落胆した風に長い息をつく。

「きみも文学部の学生なら、少しはこうした話題に興味を持ちなさい。その点、秋村樹里くんは、学究的な話をすると目を輝かせて——」

丸山先生は友哉の鼻先に、携帯電話を差し出してくる。

「ほら、鹿野くんに、特別に見せてあげよう」

丸山先生の携帯電話は、若い女性の写真が待ち受け画像に設定されていた。赤く染めた短髪が風になびき、グラビアアイドルみたいに歯を見せて笑っている。コンタクトレンズの具合なのか、目の中には星が光っていた。

これが意中の女性——秋村樹里なのだろう。

友哉の顔色を読みとって、丸山先生は得意げだった。

「彼女——秋村くんは、うちの大学の研究生なんだ。美しくチャーミングな女性でね。とても努力家で勉強好きだから、話していても楽しいんだ。さおりさんとは、周囲に勧められて、こちらの気持ちなどお構いなしに縁談が先行してしまった。だけど、ぼくは本心では、秋村くんが好きなんだよ」

友哉は茶菓子を口に放り込み、しかめっつらで嚙みしめた。

一目惚れした真美と、並はずれた美貌に心を奪われた猩子との間で、意志もなく揺れている自分。そんな自分の姿を、丸山先生の中に見た気がする。

「そんな先生って、サイテイですね」

「うう」

丸山先生は大きな手で胸を押さえた。

「でも本当は、さおりさんのことが好きなんでしょう？」

「好き——じゃない」

「うそだ」

「な——なんとでも云いなさい。ぼくの決心は変わらないんだから。明日までに必ず、ぼくはさおりさんに別れを告げる。自らを束縛から解き放つのだ」

丸山先生は大きな顔に決意をみなぎらせ、一人うなずいている。

しかし、その日、安達さおりは旅館にもどらなかった。

3

別館は真新しい建物だったが、裏手は渓流を擁した深い森になっている。

安達さおりが向かった露天風呂は、高い木に囲まれたうす暗がりの中にあった。

古びた木の手すりにすがって石段を降りて行くと、脱衣所の小屋の向こうから、おびただしい湯気が上がっている。

近くを流れる渓流が、一定のリズムを響かせていた。

さおりを待っていたのは、短髪を赤く染めた女だった。

さおりよりも若い。そして、なかなかに美人だ。

さおりは、相手の容姿、若さ、知的な顔つきを値踏みした。人間を相手に計ったり推量したりするのは苦手だが、今日ばかりは遠慮などしていられない。

「秋村樹里さんですか?」

問うまでもなく、婚約者の携帯電話の画像で、幾度となく見た顔だ。

「あの……あの」

声が震えてしまう。ぼんやりした目鼻がゆがみだすのが、自分でも判った。

一方、目の前の赤毛の女は、きれいな顔のままこちらをにらんでいる。笑っても泣いてもすぐにゆがむさおりの顔とは、根本的に違う顔立ちだ。婚約者の久二彦もまた、笑顔は笑顔で、怒った顔は怒った顔で、いつでも絵になる。

(久二彦さんは、ちょっとだけ顔が大きすぎるけれど)

婚約者の名を胸の内で唱えた時、赤毛の女はそれに重ねるように名乗りを上げた。

「ええ、秋村樹里です」

「あの……歩きますか」

入浴客らしい数人連れが石段を降りて来たので、さおりと樹里は渓流沿いの小道へと向かった。

婚約者の浮気を知ったのは、去年の秋である。

久二彦の態度に不自然なものを感じ、彼の携帯電話を盗み見てしまったのだ。そこには、さおりとは違う女の存在があった。

秋村樹里。

あきれたことに、婚約者の久二彦は、その女の写真を携帯電話の待ち受け画面に設定していた。

樹里は大学の研究生で、指導教員は他ならぬ丸山久二彦だった。

短いメールのやりとり――しかし、おびただしい数のメールの履歴を追うだけで、婚約者の心が実際には誰のものなのか、さおりははっきりと知ることができた。

一人ではとうてい、太刀打ちできない。

家族をけしかけ、婚約という事実で雁字がらめにしても、久二彦の気持ちが離れてゆくのはひしひしと判った。互いに何もない素振りで、次に打つ手を探り合う。

――こんなの恋愛じゃない。まるで、ケンカしてるみたいだわ。

実際、これはケンカなのだ。

ただし、婚約者同士が争うなんて道理に合わない。

対決すべき相手は、秋村樹里なのである。

さおりは、果たし状を書いた。

――To　秋村樹里様
――Subject　果たし状です
――安達さおりと申します。わたしのことは久二彦さんからお聞き及びのことと存じます。つきましては、きたる七月二十一日の午後四時、Y……温泉にてお話をいたしませんか？　二人が抱えております問題について話し合い、久二彦さんと家路を共にする者を勝者とする。ご同意いただけるなら、当日お会いいたしましょう。

さおりの胸には、いろんなマイナス感情が込み上げて、言葉が出てこない。

「明日、先生と一緒に帰るのはわたしですから。あなたには、今日限り、先生のことは諦めてもらいますから」

「え」

樹里が先に切り出したので、さおりは腰が抜けそうになった。

（いいえ。負けるものですか）

けれど、何を云っていいのか判らない。

軽蔑したような視線が、うなじに当たるのをさおりは感じた。

「どう考えてみたって、わたしの方が、先生にふさわしいと思うんです。わたしの方が若いし、頭だっていいから、健康で賢い子どもを産んであげられます。それこそが先生を愛する権利だと思うし、先生の愛を獲得する権利だと思います」

渓流から少しそれた小道に、白い花が咲いている。樹里はその枝を指で折って、さおりの目の前に差し出した。

「これ、マタタビですよ。知ってます？　猫が酔っぱらう、マタタビ」

「し——知ってます」

さおりはむきになって答えるが、その先の言葉が出てこない。

反論を待っている。そんな態度の沈黙が続き、やがてまた樹里が口を開いた。

「ですから、あなたから先生を奪う権利が、わたしにはあるということなんですよ」

「そんな……」

「あなたは、わたしよりずいぶんと年上だし。こう云っては何ですけど、頭も良くないでしょ。顔もね。優しいフリしてるけど、それだってあなたの本心なのかなあ？」

「失礼ね——失礼だわ」

「あら、怖い。怒らせちゃった」

樹里はふざけたように云って、小さな沢を飛び越えた。

「先生の気持ちがわたしにあるって知ったとたん、おうちの人を利用して、お金ずくで彼を奪い取ろうとした。あなたって、本当は性根の腐った女なんですよね」

「彼を奪うって──久二彦さんは、わたしの婚約者で──」

さおりは、枝に刺さった昆虫の死骸を見付けて、悲鳴を上げる。それが癇癪を起こした幼児のように甲高く響き、樹里は顔をしかめた。

「いい年して、そんなブリッ子みたいな悲鳴──」

文句を云い掛けた樹里の口が、四角く開いたまま固まった。夏枯れの落ち葉の上に、人差し指ほどの大きさの黒い虫が群れている。

「やだ！」

それが、五四六四と足に上がって来るのを振り落とし、樹里は闇雲に走り出した。

「待って！」

恋敵だが唯一の道連れが起こしたパニックは、すぐさまさおりの心にも伝播した。

渓流沿いの遊歩道を離れ、下草のしげった山中を、二人の女は方向も判らず駆ける。

シラカバばかりの列を抜け、ブナの茂る一帯に入った時、さおりは足を止めた。

「え」

すぐに樹里も駆けるのをやめる。

こずえを透かして見た空に、ぽつりと光の点が見えた。星である。

「そんな」

ほんの数分ほどの間に、日暮れ時をすっ飛ばして、夜になってしまった。その事実を認められず、二人はどちらからともなく歩み寄った。

樹里が携帯電話を取り出して、ふたたび短い悲鳴を上げる。

「圏外だわ。それに、もう夜の十時を過ぎてる」

「わたしのも、圏外になってる。でも時計は午後四時のままだけど」

「待ち合わせが四時だったでしょ。じゃあ、時計はどっちも変なんですね……」

つぶやく樹里は、自分の足もとを見て「きゃ」と、また叫んだ。

暗い足もとには一面、背の低い赤い花が咲いている。汁気の多い花弁が、踏みつけるごとに潰れて、鮮血みたいに靴を汚した。

「わたしたち、どっちから来たのかしら。旅館に戻れるのかしら」

「そんなこと、わたしに聞かないでください！」

樹里は金切り声で叫んでから、引きつる息を吸った。

「きっと、彼が助けに来てくれるわ」

「そうね、きっと彼が助けに来てくれるわね」

「彼は、あなたを助けに来るんじゃありません」

「うるさい！」

暗がりの中で、さおりの手が「ブン」と風を切った。

次の瞬間、てのひらが樹里の頬を打つ。

「痛いじゃないのよ、このブス！」

樹里は絶叫したが、さおりはもう何も云わない。生まれて初めて他人に暴力をはたらいたショックで、呆然としていたのである。

「……すみません、ブスは云い過ぎでした」

殴られたことと相手の沈黙で、樹里は冷静さを取り戻した。頬を片手で押さえ、もう片方の手でさおりの手首をつかむ。

「彼は来てくれないと思います。こんな時間だし、どこに居るのかも判らないのに」

「でも」

「自力で、戻りましょう。来た道をたどるんです。——どっちから来ましたっけ？」

樹里はパニックを起こす前の問いを繰り返し、後ろに腕を伸ばした。

同時に、さおりは全く別の方角を指さす。

二人は、同じ長さのため息をついた。

「確か、シラカバが見えましたよね」

樹里がそう云って目を凝らすと、さおりに腕を引っ張られた。

たった今、二人が指したのとはまた別方向に、白い幹の列が見える。

「あれかも——きっと、あれよ」

「そうですね。絶対、そっちですね」

赤い花を踏んで、二人はシラカバに向かって歩き始めた。

抱き合うように互いにしがみ付いているので、一方が転べば相手も足をとられる。もはや争うのも疲れて、無言で押したり庇ったりして進んだ。しかし、目指した場所にあったのは、シラカバの列ではなかった。

漆喰の壁の、古ぼけた小さな家である。

漆喰は古びて黒ずんでいたが、夜の森の中ではシラカバの幹と間違う程度には、白く見えたのだった。

＊

ガラス窓からは明かりが見えて、人の気配がした。

「取りあえず、中に入れてもらいましょうよ。電話を貸してもらえるかも——」

空が暗いせいか、電線も電話線も見えない。しかし、窓の明かりを見れば、少なくとも電気が引かれていることは確かだった。

「ごめんくださいませ」

板張りの引き戸を叩きながら、さおりがおずおずと声を出した。

かたわらで見ていた樹里が、じれったそうにその手を押さえる。

「そんなんじゃ、聞こえませんよ」

樹里は力任せに戸を叩き、声を張り上げた。

「ごめんください！　道に迷った旅の者です！　一晩泊めてください！」

「ねえ、それじゃあ、昔話みたいじゃないかしら。なんだか可笑しいわ」

「いいんですよ。わたしたち一応、旅行者ですし。道に迷ってるし、今から旅館に戻れるとも思えないけど、野宿とかイヤですし。泊めてもらうしかないと思いますけど」

容赦なしに戸を叩いて、樹里は繰り返した。

三度目を云おうとした時、「戸が壊れるよぅ」という細い悲鳴とともに、目の前が開けた。

きしむ板戸の奥から現れたのは、木綿の和服にもんぺをはいた老婆だった。家の構えに負けず古びた風采に、さおりたちはしばし言葉を失う。

「あの——。わたしたち、渓流沿いの旅館から来たんですけど」

「ふえぇ。渓流？　旅館？」

老婆は奇妙な動物でも見るように、二人の間に視線を往復させた。

「ここ、旅館からそんなに離れてるんですか？」

「あの――。電話を貸していただけませんか？」

「よく迷わずに来たもんだねぇ」

「いえ、迷ったんです。迷ったから、こうして……」

「よく無事に、ここまで来たもんだぁ」

老婆は二人の手を引っ張って家の中に入れると、勢いをつけて戸を閉めた。戸は破壊的な音を上げたが、壊れもせず、わずかに傾いで閉じている。

「この辺りは熊が出るんだよ。蛇も居るよ。わたしが小さい頃は、よく赤ん坊が飲まれたよ、蛇にさ。大人だって、たまに飲まれたりしたもんだ。あんたたちみたいな、若い女は、たちまち飲まれるよ。わたしみたいな婆さまになると、もう大丈夫だ。肉が固くてまずいと知ってんだね、あいつら」

老婆は長くもない土間を進んで、二人に手招きをした。

「村長さんの家で働いていた子守娘などは、赤ん坊を放ったらかして川で遊んでいたら、河童にやられたね。最近は出ないけど、昔はよく居たものだ――」

熊から始まった話は、だんだんと怪しげになってくる。

しかし、山歩きと野宿の心配から解放された二人には、そんな話に耳を傾けるくらい、何ほどのこともなかった。

囲炉裏のある板の間に上がると、そこにはなぜか二人分の夕食が用意されている。

さおりと樹里は顔を見交わし、老婆にすすめられるまま膳の前に座った。

「食べなさい。早く、早く」

「あの——。これ？」

「食わんなら、片付けるよ」

筒袖の袖口にゴムを通した手が、膳の端にのびる。

「いえ、いただきます」

異口同音に唱えた二人は、老婆の手を振り払うようにして椀を持ち上げた。

山菜の煮物、川ガニの素揚げ、野草の天ぷら、見当のつかない食感の古漬け、何の肉か判らない肉団子。ここまではありがたく食べたが、昆虫の入った蜜の皿は、二人とも見ないようにして遠ざけた。

「か弱い娘さんたちが、山で迷うなんて可哀想になあ」

老婆はしきりに「可哀想に」と繰り返す。それが不吉に聞こえて、さおりは心持ち声を張り上げた。

「あの——。電話を貸していただけますか？」

「電話？　村長さんの屋敷にはあったんだけどね、ここには電話なんて……」

老婆は困ったように笑いながら、顔の前で手を振った。

「あの——。村長さんのお宅は遠いのでしょうか？」

「村長さんはもう居ないよ。蛇に飲まれて……」

語尾をにごして、老婆は大きなため息をついた。

樹里が携帯電話を取り出したが、やはり《圏外》の表示は消えていない。だめで元々と自分の電話を確認したさおりは、同じ落胆を味わうだけの結果となった。

まるで、民話か昔話の中に取り込まれたみたいな心地になり、そんなことを考える自分が、どこかおかしくなったようにも思えてくる。

「中国には古くから、人を道に迷わす呪いみたいなものがあるんですよね」

「いやだ、気味が悪いわ」

樹里の言葉に、さおりが非難がましい声を上げる。

それを落ち着かせようと、行儀よく正座したさおりの膝を、老婆が優しく叩いた。

「それは呪いではなく、方角占いを極めたもので、奇門遁甲《きもんとんこう》というんだよ。占いとは云っても、法則にのっとったものだから、修得してしまえば誰にでも使い得るのだよ。これを戦争に応用したのが、三国志の諸葛亮孔明《しよかつりようこうめい》で――」

「あ、その名前聞いたことあるかも。うちの父が、三国志ファンなのよ」

脳天気な声を出すさおりを、樹里が視線で黙らせた。

「おばあさん、どうして奇門遁甲なんて知ってるんですか？」

「わたしは、読書家なんだよ。二週間ごとに、町の図書館に通っているんだから」

老婆の返答は急に現実的になる。虫入りの蜜以外は空っぽになった膳を片付けながら、土間の奥を指さした。

「疲れたろう。お風呂に入りな、お風呂にさ」

暗い流しからこちらを見る老婆は、口を開いたままで笑う。しわの深い両目が、能面の猩々《しょうじょう》のように弓の形になった。

＊

田舎家の風呂は、檜の弁当箱のような形をしていた。薪で沸かしたお湯が柔らかい。かすかな木酢と、強い香草のにおいがして、疲れた筋肉に出汁のようにしみた。

「ローリエとセージだよ」

老婆は甲斐甲斐しく立ち働いて、二人の世話をする。

「ローリエは煮込みに良いんだよ。セージは、脂身の消化を助けるんだよ」

二間しかない座敷の、奥の方に二人を案内すると、老婆は親切そうに云った。

畳敷きの部屋には、すでに布団が用意されている。体の疲れに香草の風呂の心地よさが加わり、さおりは掛け布団の上から、倒れ込むようにして横たわった。

「早くお休み。さあさあ、電気を消すよ」

裸電球のスイッチをひねろうとする老婆を、樹里があわててとめた。

「待ってくださぃ。髪を乾かさなくちゃ」

タオルのハンカチを出して、樹里は短い赤毛にこすりつける。

老婆は自分も眠いのか、苛ついた表情を見せた。

「早く寝ないとだめだよ」

「ええ、もちろん、早く寝ますとも」

従順にうなずいて、樹里はせっせと髪をふく。

その姿を見て、老婆は板張りの戸を乱暴に閉めてしまった。

せまい部屋は雨戸も固く閉ざされ、山中とはいえ決して涼しくない。全身にしみた香草の臭いが、もうもうと立ちのぼった。

「さおりさん。さおりさん。起きてくださいよ――」

「なあに？」

すでに目を閉じていたさおりは、甘えたような声を出す。

「さっき、三国志の話をしてたでしょ」

樹里はそこかしこに散らばっている、町立図書館のラベルが付いた本を集めながら云った。

「三国志には、こんなエピソードがあるんですよ。主人公の劉備《りゅうび》がね――」

「ああ、父がその人のことを、一番好きだって」

「いいから、黙って聞きなさい」

　樹里は声を殺して云う。

　さおりは、しゅんとして相手の顔を見上げた。

「ごめんなさい」

「いいですか、その劉備がね、ある時、呂布《りよふ》って敵に負けて逃げるんです。いわゆる、落武者チックな感じです。――さおりさん、落武者って判ります？」

「あ、馬鹿にして。戦争に負けて逃げている侍のことでしょ。でも、中国でも侍って云ったのかしら？」

「まあ、おおむね合ってます。合格」

　樹里は、ウェーブの解けたさおりの頭を撫でた。

「ともかく、劉備もわたしたちみたいに、知らない人に助けられるんですけどね。そのおうちの人は、猟師をして生計を立てていました。劉安《りゅうあん》って人です。劉安は劉備が頼って来てくれたのを喜んで、美味しい肉料理をご馳走するんですが……」

「なんだか、いやな予感。その先、聞かなくていい？　わたし、眠たくて」

「だめ、聞きなさい！」

　樹里は、さおりから枕を取り上げた。

　――美味しい料理ですね。何の肉ですか？

――狼の肉です。

「劉備に尋ねられて、劉安はそう答えたんです。ところが、劉備は翌朝、庭に倒れている女の人を見付けてしまいました。女の人は亡くなっていました。それは、猟師の劉安の奥さんでした。奥さんの遺体は、腕の肉が削り取られていました」

「え？　え？　え？」

奥さんのこと、食べちゃったの？　という言葉は声にはならず、さおりはただ口だけを動かす。

樹里はうなずいて「これは、フィクションらしいんですけどね」と付け足した。

「なあんだ。変な話しないで」

ホッとするさおりの前に、樹里は掻きあつめた町立図書館の本を差し出す。

それは小説・実話取り混ぜて、全て人肉食――カニバリズムに関するものばかりだった。中には、詳しいレシピを紹介したものまである。

「変だと思ったんですよ、夕食だって妙に用意が良かったじゃありませんか。まるで、わたしたちが来るのを知っていたみたい――というよりも、中国の古い妖術を使って、わたしたちをここに誘い込んだみたいだと思いませんでした？」

「でも、その奇門ナントカというのも、フィクションなんでしょう？」

「いいえ、奇門遁甲は、れっきとした方位学です。修得したら誰だって使えるって、あのおばあさんも云ってたじゃないですか」

「ふうん……」

他人ごとのようにつぶやくさおりの手を握って、樹里は「しっかりしてください」と叱った。

「わたしたちが入れられたお風呂。どうして、あんなにハーブを効かせるんですか？　どうして、ローリエなんか入ってるんですか？　シチューじゃあるまいし」

「え」

それまでぼんやりと聞いていたさおりは、突然に樹里の云う意味を理解した。

──ローリエは煮込みに良いんだよ。セージは、脂身の消化を助けるんだよ。

老婆が云った煮込みの肉とは？　脂身とは何の肉のこと？

「多分、わたしたちのことです」

「わたしたち、ヘンゼルとグレーテルみたいなことになってるの……？」

さおりが云うと、樹里は呆れたように肩をすくめた。

「あくまで、可愛い人なんですねえ。あなたって」

「……ごめんなさい」

謝る言葉を無視して、樹里は物陰を掻き回している。やがて取り出したのは、二人の靴だった。

「これ、はいてください」

「土間に脱いできたじゃない？　いつの間に？」

さおりを促して靴をはかせ、樹里も急いで足を入れた。

「さっき、お風呂から出る時に、こっそり持ってきたんです。ここ、隣の部屋を通らないと土間に出られませんから」

そう云って、細い灯りがもれる隣室をのぞいた時、二人は声も息も同時に止めた。

老婆はこの暑さの中で、囲炉裏に火を入れて料理をしている。

赤みを帯びた電灯の下、髷からほつれた白髪がふわりふわりと浮き上がり、唇は五割増しほどに大きく見えた。

大鍋に入れられたぶつ切りの野菜は、本の人肉レシピで見たのと同じではないか。

赤味を帯びた灯りの下、老婆の顔が上がる。

充血した目が、すき間からのぞくさおりたちの視線とぶつかった。

「――――！」

老婆が威嚇の声を上げたのか、さおりたちの悲鳴か。

金切り声と野太い怒号が入り乱れ、続く瞬間には、さおりは閉ざされた雨戸を蹴飛ばしていた。

「こっち、こっち――」

どっちだか、判らない。

けれど、二人は互いの腕をつかんで走り出した。

下草が絡まる地面を蹴り、息が切れるのも意識できないほど走った。

辺りは暗がりなのに、不思議と道は見えている。

迷い込んだ時とは反対に、逃げるべき方向はまるでゲーム機の画面のように、そちらだけ鮮明に目に飛び込んでくるのだ。

赤い花に滑り、ブナの林を抜け、シラカバの生えた辺りまで来た時、さおりはようやく速度を落とした。

「見覚えがあるわ。ねえ、樹里さん、ここも通ったわよね？」

問いかけるが、返事がない。

「樹里さん――樹里さん？」

さおりはぞっとして、自分の腕を抱きしめた。

つい今しがたまで、樹里につかまれていたはずだった。

いつはぐれてしまったのか、まるで覚えがない。

「………………」

目を凝らしても、耳をそばだてても、いっそうの孤独が木霊のように返ってくるばかりだ。

——かさり……。

草を踏む音がする。

（樹里さん？）

呼び掛けようとした時、近くの灌木の向こうに、白髪を舞わせて歩く老婆の横顔が見えた。

（やっばーい）

しゃがみ込むと、その下から冷風が吹き上がってくる。

つまさきの下の土が崩れ、尻もちをついた。

後ずさりながらのぞいた下は風穴になっていて、赤い毛を生やした玉のようなものが、うごめいている。老婆が云っていた蛇やら河童やらの話が、早送り映像のように頭をめぐった。

「ひッ——！」

穴から離れようとあとずさりながらも、怖いもの見たさで暗がりに目を凝らす。

すると、赤毛の玉が森の妖怪などではなく、秋村樹里の頭であることが判った。

「樹里さん——樹里さん——あの、もしもし」

暗い穴の中で、樹里は顔を上向け、泣き真似のような仕種をした。

「落ちちゃったんですよ。さおりさん、助けを呼んで来てください」

「一人で行くなんて、無理よ」

さおりは、老婆が通り過ぎた灌木の辺りを見上げて、穴の中に目を戻した。

「朝までここに一緒に居る。何日でも居る。樹里さんが死ぬまで一緒に居てあげる」

「あのね」

穴の中から、呪わしい声がたちのぼる。

「それって、馬鹿でしょ。あなたでもできますから、まずは、誰かを呼んで来てください。丸山先生を呼んで来てくださいよ」

「いやよ。久二彦さんに会えたら、あなたのことなんか黙っている——かも知れない」

さおりは強く云ってから「本当に、一人じゃ行けないし」と小声でつぶやく。

「もう、この役立たず。そんなだから、婚約者に浮気されるのよ。世間知らずで、気が利かなくて、頭は悪いし、話が面白くないし、親は威張りくさってるし。——って、先生が、そう云ってたんだから。本当なんだから！」

樹里は赤毛の頭を抱えて、云いつのった。

聞くうちに、さおりは惨めな気持ちになり、声を出してすすり泣いた。

「ああ、うっとうしい。ほら見なさいよ、先生からまたメールが来ている——え？」

樹里は頓狂な声を上げた後、しばらく黙り込む。

その沈黙の意味を悟るには、樹里自身もさおりも、かなりの時間を要した。

「ああ！」

さおりも自分の携帯電話を見ると、《圏外》の表示の代わりに、電波の受信状態を表すアイコンが現れていた。指がもつれるせいで何度も誤操作した後で、ようやく婚約者へ電話を掛けた。

「………」

息を飲んで耳に当てると、電話は通話中を告げる無機質な音の後で切れてしまった。

胃の辺りが、冷たくなる。

着信拒否と通話中は、同じ動作をすると誰かに聞いたことがあった。

(わたし――久二彦さんから、着信拒否されてる？)

絶望的な気持ちになった。

けれど、すぐ下で揺れる赤い頭が、同じ相手に掛けているのだと気付く。

(そうか、本当に話し中だったのね)

手短に通話を終えた樹里は、頭をもたげると、弾けるような笑顔をくれた。

「じきに助けが来ますよ！　助かったんですよ！」

「あの――あの」

「さおりさんが、ぼやぼやしてくれたから、電話が使えることに気付いたんです。ある意味で、お手柄ですね」

「はい――はい」

樹里は穴の中から、つま先立ちになって手を差し伸べてくる。

さおりは穴に落ちないように腹這いになって腕を伸ばし、その指先に触れた。

「ハイタッチ」

暗がりの中で、互いの顔が笑っているのだけは判った。

4

さおりたちは、地元の消防団員に助けられた。

二人のやつれた姿を見て、さおりの両親が卒倒し、追加の救援を呼ぶ騒ぎになった。

「ええと。二人とも、無事でなによりです――」

小学生のように手をつないだままのさおりと樹里の前に、丸山先生が進み出る。

美男だがとても大きな顔には、安堵やら決まり悪さやら……さまざまな感情が一度に噴出して、ひどく複雑な表情となっていた。

「…………」

不意に、丸山先生はきびすを返して二人の女から逃げようとする。

その背中を捕まえて、友哉が押し殺した声で怒った。

「ここで逃げたら、先生はものすごくダメ男ですからね」

「うう」

さらにしばらくの沈黙の後、丸山先生は樹里の前に立った。その手には、葡萄色の日記が抱えられている。

「ええと、秋村くん。さおりさんを無事に連れ帰ってくれて、ありがとう」

「…………」

さおりと樹里はどちらからともなく、横目で互いを見つめ合った。二人とも、相手の顔の蚊に刺された痕を無言で数える。さおりだけが、頰を掻いた。

それからまたたっぷり黙った後で、樹里は丸山先生の持つ日記を見た。

「さおりさん。わたし今、かなり重大なことを発見しました」

「どうしたの？」

「今になって云いにくいんですけど。――この人あまり素敵じゃないと思うんです」

「そんなことありませんよ。久二彦さんは、いつでも素敵です」

「本気で、そう思うんですか？」

「もちろん」

「そうですか」

互いに握りあった手を、樹里が先に離した。

「わたし、さおりさんに会えて良かったです。のんきなところも、雨戸を蹴飛ばしたところも、さおりさんは魅力的だと思います」

さおりに向かって親しげに笑いかけ、丸山先生に折り目正しい動作で頭を下げると、樹里はその場を離れた。

丸山先生は婚約者の顔をおそるおそる見つめ、ポケットから虫刺されの薬を出す。それをさおりに渡しかけてから、思い直したように自分で不器用にキャップを開けた。

「そんなに蚊に刺されて、痒くない？　痒いよね。もし、痒ければ――」

「痒いです」

「それは良かった。いや、良くないけど」

丸山先生が腕の蚊の痕に薬を塗ってくれるのを見ながら、さおりは「とっても、痒いです」と云った。

「痒いってのは、痛いのと違って、それほど重要な感覚じゃないんだそうですよ。だから、危険な時や不幸な時なんか、痒さってあまり感じないんですって。それを聞いた時にね、本当かなって思ったんだけど……。確かに、さっきまでは平気だったのに、今は痒いんです」

「それは良かった。ええと、良くないけど」

「樹里さんも早く、虫さされが痒くなればいいですね」

「そう――だね」

丸山先生は気まずそうにうなずいて、さおりの鼻の頭に薬を塗った。

＊

露天風呂のかたわらにあるベンチに、友哉と丸山先生が並んで座っていた。

ウィークデイには日に二本しかない路線バスに、秋村樹里が乗り込むのが見える。短い赤毛が風に揺れ、つかの間顔はこちらを向いたが、何の表情もないままステップを上がってしまった。

赤と白のボーダーがデザインされたバスは、屋根にトンボがとまるほどのんびりした速度で、走って行く。

「おれ、大学で彼女を見掛けたことありますよ」

「うちの、研究生だからな」

「彼女、学校、続けるでしょうかね」

「どうだろうなあ」

「先生のせいですからね」

「うん」

　さおりの両親は、まだ旅館で寝込んでいる。仮眠を済ませたさおりは、その枕元に付き添っていた。

「ぼくはもう一日こっちに居て、さおりさんたちと一緒に帰ることにするよ」

「おれは、夕方のバスで帰ります」

　友哉はそう云って鼻をひくつかせてから、ポケットをまさぐる。

「風邪ひいたみたいで。はなみずが……」

　空っぽのポケットを引っ掻き回していると、丸山先生がティッシュを差し出した。一緒に、葡萄色の日記帳も出してよこす。

「ああ、性格悪い女の日記ですね。読み終わったんですか？　やっぱ、最後まで面白かったですか？」

「実は、これ秋村くんの日記だったんだ」

「ええ？　本当ですか」

　はなをかみながら、友哉はひざの上でページをめくって見る。

　丸山先生は大学教員らしく、肝心なところに付箋を貼っていた。

　その要所要所を拾い読みすると、書き手が略奪愛の常習者だということが判る。この日記もまた、丸山先生とは別の男をめぐる、三角関係の心情をつづったものだった。

「彼女の目的は恋愛よりも、ひとの恋人を奪い取ることらしいんだ」

「恋泥棒！」

友哉が他人事のように盛り上がると、丸山先生はいやな顔をした。

「ある意味、秋村くんの標的は、ぼくよりさおりさんだったとも云える。彼女は、さおりさんみたいな淑やかなタイプの女性を見ると、そのパートナーにちょっかいを出すことを常としていた」

終わり近くに色の違う付箋が貼られていて、それまでイニシャル表記されていた人物が実名で記されていた。秋村樹里自身の名もある。筆がのってきて、うっかりしたのかも知れない。

「怖い人ですね」

当時の関係は清算したし、なおかつ誰かに勝利を誇示したい気持ちもあって、秋村樹里はこれを日記堂に売った。その苛烈な告白文を、新しい標的である丸山先生に読ませたのは、日記堂主人の紀猩子だ。

（因果応報とは云え、猩子さんも酷なことするなあ。これを丸山先生に売るって、究極の守秘義務違反って気がするんだけど――）

友哉がそう考えたのと同じタイミングで、丸山先生も猩子の名を口にした。

「カギは日記にあり。わざわざ教えてくれるとは、紀猩子という人は侮れないな」

「え？」

丸山先生の云う意味が飲み込めず、友哉は顔を上げた。

その視界のすみ――ベンチから見下ろすバス通りを、白い軽トラックが通り過ぎた。黒髪をひっつめにした、青い着物姿の女がハンドルを握っている。

「猩子さん？」

荷台に積んだ段ボールから、白髪のカツラや野良着のようなものが見えた気がした。

第四話　あばきだす

1

秋村樹里は駅に近いオープンテラスのカフェで、同年の女性と向かい合っていた。

「すごい虫さされだけど。山とかに行ったの？」

「まあね」

樹里は頰に並んだ蚊の痕を手鏡で確かめ、相手の姿に視線をもどした。

白と紺のボーダーのワンピースに、カーキ色のパーカー。二人ともがそっくりな服装をしているが、双子ではない。顔立ちはまったく違うし、樹里の髪型は真っ黒なショートボブに変わっていた。

「樹里ちゃん、イメージチェンジ？」

そんなことを訊いてくる相手に、樹里は顔をしかめてみせた。

失恋したから髪型を変えたなんて、説明するのもムシャクシャする。

（なのに、こいつときたら）

過去の鏡を見るみたいに、目の前の相手は修羅場時代の樹里の髪型をしている。

この友人はむかしから、持ち物も洋服も、自分の好みというものをもてないほど、自己主張のない性格だった。幼なじみの樹里は文房具やら着るものやら、何から何まで手本にされてきたものだ。

「服、真似したね」

髪型のことは頭から閉め出して、樹里はお互いの服装を指で示した。

「まあ、いつものことだけど」

ジャスミンティーの良いかおりが漂っていて、となりのテーブルに着いたママ友らしき三人組は「ジャスミンティーもいいわね」なんて云っている。

「でも、今日のあんた、ジャスミンのにおいがする」

内気な友人に向かって、樹里はほめるような、茶化すような笑いを浮かべた。

「そのコロン、自分で決めて買ったんだ？」

「違うの」

友人は、怒られたみたいな上目使いになる。

「ちょっと、いろいろあって。ええと、本当は別に何でもないんだけど」

「このコロン、彼氏の趣味とか？」

「コロンじゃないし」

友人は泣きそうな顔で照れ、自分のため息を払うように両手をパタパタさせた。

「それよか、樹里ちゃん。わたしに聞いてほしい話って？」

「彼氏のことよ。でも、いい話じゃないんだ。別れたの」

「あ……、丸山先生って人だっけ？」

友人の目に、初めて意志の色が浮かんだ。この人は悩み相談だけは頼りになる。樹里は、生クリームの上に乗っているサクランボを、憂鬱な顔をして食べた。

「あいつ、紀貫之オタクなのよ。いつだって顔を合わせると、紀貫之紀貫之紀貫之。知ってる？『土佐日記』の作者」

「その人、若いの？」

「平安時代の人！　若いわけないでしょ」

「ごめん」

あやまる友人を前に、樹里の視点は皿に置いたサクランボの種の上に落ちた。

「あいつ、『土佐日記』の書き出しは、内容に含まれる欺瞞を宣言した呪文なんだって云ってた。そのココロは、『古今和歌集』の仮名序の呪縛から自らを守るため」

「……意味がよく判らないんだけど」

樹里はイライラと相手を見つめてから、「悪かった」と云うように両手を上げた。

「つまりね、『土佐日記』って、男もすなる日記といふものを、女もしてみむとてするなり。——と書き出しておいて、作者の紀貫之は男なのよ。変でしょ？」

「そうなんだ？　確かに、変かも」

「つまり、これは日記にあべこべのことを書いてますよーという宣言なんだそうな。あの顔が大きい丸山先生が云うにはね」

「へえ……。確かに、ちょっとハマルね、紀貫之」

友人の顔が輝いたので、樹里の気持ちも久しぶりに晴れた。

樹里はアカデミックな話が好きなのだ。だから、丸山先生から小難しい話を聞かされるのは、本当に楽しかった。これまでの略奪愛の対象とは違って、丸山先生のことはわれながら本気で好きだったように思う。けれど、そう思うのは、手のとどかない相手だったからに過ぎないのかも知れない。

「でね、『古今和歌集』の仮名序の呪縛ってのが、面白いんだけどさ」

――力をもいれずして、天地を動かし、目に見えぬ鬼神をもあはれと思はせ、男女の仲をもやはらげ（樹里はここで、顔をしかめた）、猛き武士の心をも慰むるは歌――。

「歌――つまり、言葉には、そんな力があると『古今和歌集』の冒頭には書いてあるわけよ。だからこそ、『土佐日記』は日記……つまりノンフィクションですよーと云っておきながらウソを書いたら、言葉の力に当たって自分がやっつけられると思ったた。それゆえ、冒頭に『これって日記なのに、あべこべのことも書いてたりするんだけど、許してくださいよ』と書いておいたの」

「へえ」

友人は話に引き込まれていた。いつもの内気さも忘れて、顔を輝かせている。

「日記、やばいね」

「やばいよね」

だんだん愉快になってきた。

「そして、丸山先生いわく。『竹取物語』は紀貫之の日記なのである」

「え？ それは、変かな？」

「変だよね。だけど、あいつ『竹取物語』はノンフィクションだと信じていて、不老不死薬が実在するって思っている。丸山先生が安達家に近付いたのは、どうやら『竹取物語』に出てくる不老不死薬の調査が、そもそもの動機だったらしいんだよね」

「安達家って、むかしから大金持ちで、安達ヶ原一帯の大地主で、丸山先生の……」

友人は、気遣わしげに樹里の顔をのぞきこんだ。

「そう。安達家は、わたしの恋敵の実家。――って云っても、わたしが丸山先生に目を付けたときには、むこうはもう婚約していたんだけどね」

「ねえ。――そういうの、もうやめなよ」

とけてしまったアイスクリームとチョコレートソースをむやみにかき混ぜながら、友人は云った。反対意見を云うとき、この気弱な友人は相手の顔をまっすぐに見ることができない。そもそも、こんな具合に反対意見を云うなど、滅多にないことだ。

「うん。やめようかなって思ってる」

樹里はガラスの器の中で、ぐるぐると混じり合う甘い渦を目で追った。水を満たしたグラスに、友人の上半身が映る。樹里と同じ風合いのパーカー。そっくりなワンピース。でも、同じ製品ではない。この人は身近な人の服装を見て、なるたけそっくりなものを買ってしまうのだ。

「でも、そっちだって、どうなのよ。そこまで主体性がないのも、これまた一種の自己表現になったりして」

「本当？」

「皮肉で云ったの」

「じゃ、今度からは、ほかの人の真似するね」

友人の目が、通りを行く同世代の女性を追っている。

「ちょっと、もう——。それじゃあ、意味ない！」

樹里は眉間にしわを作ってから、ふっと表情をゆるめた。

「今日は愚痴聞いてくれてありがとうね。よかったら、洋服買うのつき合おうか？」

すっかり自分のそっくりさんになっている友人の服装を眺めながら、樹里はひざ頭に虫刺されの薬を塗った。

＊

渓流の温泉旅館から戻った後、友哉の風邪は本格的になった。

病欠すると日記堂に連絡を入れたら、猩子も鼻づまりの声で応じた。

――だつかぜぴくどば、ばかだどよ（夏風邪引くのは、馬鹿なのよ）。

「べ（え）？」

――ぼー、びーば（もう、いいわ）。

自分だって風邪を引いてるんじゃないんですか、と云いたいのを我慢して、「じょうござんぼ、ぽだいじじ（猩子さんも、お大事に）」と云って電話を切った。

しかし、猩子の鼻づまりは風邪のせいではなかった。

一週間ぶりに起き出した友哉が、飛坂の急勾配を息を切らして登って行くと、日記堂では異臭騒ぎが出来《しゅったい》していた。

「だー（ああ）」

鼻を洗濯バサミでつまんだ猩子が、浴衣の袖をばたつかせながら店から出て来る。

「おはようございま――」

「ぼー、だえられだい（もう、耐えられない）」

こちらの顔を見たとたん、猩子は友哉の腕をつかみ飛坂を全速で降りた。

「どうしたんですか、猩子さん。わあ、助けてください」

浴衣に下駄というかっこうにもかかわらず、猩子の足は速い。転ばないためには、友哉も一緒になって懸命に駆けなければならなかった。

咲き遅れたコアジサイのかおりが感じられる辺りまで来ると、猩子は立ち止まり、ぞんざいに友哉を突き放した。鼻から洗濯バサミをとって深呼吸をしている。

「この辺りまで来ると、ようやく息がつけるわ」

「どうしたんですか？」

たったの一瞬で降りて来た距離を、友哉は感心して見上げた。

「どうもこうも、ないのよ」

猩子は友哉の隣に立って坂を見上げる。

「そもそもの始まりは、友哉くんが温泉に行って休んだ次の日だったわ――」

「まってください。温泉に行ったのは、猩子さんに云われた《お客さまのサポートのため》じゃないですか。行楽のために仕事を休んだんじゃありませんからね」

「はい、はい」

猩子はうるさそうに、てのひらで顔を扇いでいる。

「いつも散歩に来るチョッピリ子ちゃんがね――」

「誰ですか？」

「さおりのピレネー犬よ」

「やっぱり、さおりさんと知り合いなんだ」

「遠縁ですから」

あごをもたげて云う高慢さのかげに、なかなか読みとり難い表情がある。

「あのピレネー犬は女の子で、名前はチョッピリ子。名付け親はわたし」

「だったら、もう少し可愛がるとか、フンを片付けるとか——」

「話の腰を折らないで」

猩子は厳しく云った。

「においに最初に気付いたのは、チョッピリ子だったの」

さおりの代わりに、家政婦の土田という老婦人が、ピレネー犬の散歩をさせていた。猩子いわく、さおりはぼんやり者で始末に負えないが、土田さんは気が回りすぎて辛抱がならないとのこと。

「昔っから虫の好かない人なんだけどね」

土田さんがピレネー犬を連れて来るときは、フンの始末はもちろん、ゴミ拾いまでしてゆくので、猩子は気を良くしていた。

しかし、今回は勝手が違った。

ピレネー犬のチョッピリ子が、変に興奮し出した。辺りかまわずにおいを嗅いでは、「ここは犬であるわたしの出番」とばかりに、掘り返すような動作をする。

日記堂近くで犬が常にない態度をとることを、土田さんは悪い方へ悪い方へと解釈した。自らも真似して鼻をひくつかせると、心なしか店の中から異臭を感じる。

——猩子さん、お店から異様なにおいが漂っていますよ。ネズミでも死んでいるのではありませんか？　商いの場は清潔になさいませね。

そんな当てこすりを云ううちにも、異臭は日を追って強くなった。

猩子が鼻をつままないと息もできなくなった時には、土田さんは猩子にではなく、交番に訴えた。

——飛坂の中腹に、日記堂という怪しい店がございましょう？　あの店から、異臭がするんでございますよ。まるで死体でも隠しているみたいな、まさしく腐乱死体のにおいです。タンパク質の腐った、死体のにおいがするんですから。

死体、死体、死体、死体、と土田さんは強調した。

——そういえば、あの店にアルバイトに来ていた若い男の姿が見えません。もしや、万が一の目に遭って床下にでも……。

若い巡査は土田さんに押し切られたかっこうで、県警の刑事課に連絡する。

そうして私服の警官が訪ねて来たのには、さしもの猩子も仰天した。

——け——警察？　死体遺棄容疑？

猩子は動揺をおもてに出すのを潔しとせず、警察手帳をはすかいににらんだ。

——この悪臭を解決出来るなら、刑事でも旗本退屈男でも何でもいらっしゃい。

そんな啖呵を切ったのが、つい一時間前のことだった。

「旗本退屈男って、どういう男なんですか？」

友哉がそう訊いた時、坂から吹き下ろす風にふたたび異臭が混ざった。

猩子は紺色の袖で鼻をおおって目を凝らす。

友哉もまた鼻を隠して仰ぎ見た場所には、すっきりとした白いブラウスに黒いパンツとローファーを合わせた女が現れた。

「あれ？」

県警の小川皆子刑事が、まるで古い物語の女戦士みたいに——男の生首を持つ乙女みたいに、丸い塊を天に掲げて仁王立ちしている。

「猩子さん、なんてことを！　人の生首を隠していたんですか——」

友哉がおののいているうちに、店から別の刑事が飛び出してきた。

「小川くん、そんな振り回さないで。くさいから」

現れたのは、魚住警部補である。

「びってびばしょう（行ってみましょう）」

細い鼻を洗濯バサミでつまんで、猩子は坂道を上り始める。

「猩子さん、犯人なんだったら、逃げなくていいんですか？」

「だでが、ばんじんでずって？（誰が犯人ですって？）」

憤慨したのか、足が速くなる。涼しい音をたてる風鈴の音をくぐって、二人は悪臭のする店の中に突入した。

「あ」

日記堂には、二人の刑事に加え、最初に通報を受けた交番の警官や、町内会長と民生委員までが来ていた。

「これは？」

皆の注目を集めていたのは、警部補が提げたゴミ袋だった。

「カニでした」

「カニですって？」

猩子は洗濯バサミをかなぐり捨てて、鋭く聞き返す。

「カニだわ」

警部補からゴミ袋をひったくって開けた中に、腐乱した毛ガニが一匹入っていた。

袋から立ちのぼる異臭に悲鳴を上げて、猩子は慌てて袋の口を閉ざす。閉ざしたはいいが、やり場に困って足踏みをした。

「やれやれ、とんだ死体遺棄ですな」

「家内に武勇伝を聞かすつもりが、がっかりです」

何を期待していたのか、小太りの町内会長と、痩身の民生委員は、残念そうに顔を見交わす。茫然自失の猩子をしりめに、二人はてきぱきと窓を開けて換気をした。

一方、刑事たちは猩子からゴミ袋を受け取り、幾重にも口を結んでいる。

「ど——どこに、このカニが……？」

まるでカニを悼むように、猩子は苦しげな声を出した。

「そこの甕の中に、入ってたんです」

小川刑事が指さしたのは、友哉が使っている文机の辺りである。

そこには、重量感のある信楽の壺があった。

しばしの沈黙があり、猩子の形の良い額に一本の血管が浮かぶ。

「どういうことかしら、友哉くん」

「ええと」

友哉は風邪で休む前、《お客さまのサポート》と云われて温泉に送り出された時のことを思い出した。

「あれは一週間前でしたよね……」

大学の丸山先生が日記堂に来て、自分でこじらせた縁談の話を始め——。

小料理屋《不知火》から、夏毛ガニを分けてやると連絡が来て——。

友哉はパンクした自転車を修理しがてら、《不知火》へと使いに出され——。

ゆでた毛ガニを二匹、受け取り――。

そのうちの一匹を、ボーナスだと云われて猩子からもらった――。

「あ」

友哉は、両手で頬を押さえた。

「あ、じゃない！」

猩子の声が怖くなる。

「だってあの時、猩子さんが、急かしたんじゃないですか」

丸山先生に同行するように云われ、友哉は手にした毛ガニのやり場に困って立ち往生した。

猩子は容赦なく、友哉を急き立てる。

――急いで、急いで！

そこで友哉は、持っていたカニを――。

「デスク脇の甕に隠し、上に本まで置いて、カムフラージュしたんですね？」

ハンカチで鼻をおおい、小川刑事がするどい眼差しで友哉を見た。

「え、違いますよ。いいですか、あれはデスクというより、文机ですよ。それから、カニをひとまず置いたのは、《甕》ではなくて信楽の《壺》です。上に本を置いたのはカムフラージュのためではなくて――」

「友哉くん、あさっての方向に逆ギレしなくていいのよ」

猩子は友哉の後頭部をつかんで、刑事たちに頭をさげさせた。

──このカニ、どうしますか？　証拠物件になりますか？

──事件じゃないから、証拠とは違うだろう。

──では、捨てていいでしょうか？

──いや、危険物には変わりない。

坂を降りて行く刑事たちを見送ってから、猩子は憤然と腕組みをする。

「友哉くん、とんでもないことをしてくれたわね」

「猩子さんだって、どうしてもっと早く気付かなかったんですか」

「わたしだって、いろいろ忙しかったの」

猩子は、なぜかごまかすように目を逸らす。

「忙しいって、何かあったんですか？」

友哉が探るように訊いたとき、一人、また一人、もう一人、日記を求めるお客が来て、カニの話は中断した。

「猩子さん、ひさしぶりだね」

顔見知りなのか、最初に敷居をまたいだ年配の男が、親しげに片手を上げた。

このごろ気付いたのだが、長く閑散とした後に、お客が立て続くことがある。連れ立って来たわけでもないのに、なぜか同時にやって来るのだ。

もっとも、今回は閑散とした後どころか、カニ騒動の直後だ。店に残った制服の巡査は、信楽の壺を外に出して、中にこもった異臭を団扇であおいでいる。町内会長と民生委員はあちこちの窓を開け終わり、一息ついたところだった。

「いらっしゃいませ」

かつて下駄屋を経営していた町内会長は、お客を見て反射的に笑顔を作った。

お客たち——ループタイの老紳士、銀行の制服を着た女性行員、夏らしい明るいニットの上下を着た若い女は、外の日射しから逃れて一様にホッと息をついている。

「珍しい日記が入ったと、耳にしたもので」

ループタイの老紳士は、さっそく欲しい日記について説明し始めた。

あらかじめ注文を伝えていたらしい女性行員は、取り置きされていた包みを受け取ってから、遠慮がちに鼻をひくつかせた。

「まだ、においます？　うちの若い者が、カニを腐らせちゃってね」

猩子が淑やかな声で笑う。

友哉は反論を呑み込んで、いつものように信楽の壺にもたれかかった。ところが、肝心の壺がないので、後ろにでんぐり返ってしまう。

変なかっこうになってもがく友哉は、こちらをうかがっている遠慮がちな人影に気付いた。

(この人、どこかで会ったっけ?)

黄緑のサマーセーターとスカートの女性客だった。赤っぽく染めた髪をショートにして活発な雰囲気なのに、顔の表情がひどく重苦しい。見知った人のような感じが、もどかしく胸の中でくすぶった。

「あの、これを読んでみたいと――」

差し出してきたのは、鮮やかなオレンジ色の日記帳だった。

むき出しの白い腕から、ジャスミンのかおりがする。

「いらっしゃいませ」

友哉は慌てて居住まいをただした。

店員らしい緊張が戻ると、ほんのりとした既視感はかき消えてしまう。かわりに、相手の全身からふわふわ漂う芳香に気をとられた。

(そう云えば――)

日記堂で働き始めたころ、不可解な出来事が起こるたび、友哉の行く先々でジャスミンティーのかおりがしていたものだった。日記堂の仕事はさまざまな意味で忙しく、そんなことも、ほとんど忘れかけていた。

「これは、ジャスミンティーのかおりですか?」

つい尋ねると、相手はどぎまぎと自分の腕や服のにおいを嗅いで、奇しくも猩子と同じように「まだ、においます？」と訊いた。

「入浴剤なんです。いつもお風呂にたくさん入れちゃって。入れ過ぎちゃって……」

「あ、判ります。おれも子どものころ、親によく叱られてました。それで、つい、ドボドボと」

女性客のニットの服は、奇しくも入浴剤を入れたお湯とそっくりな黄緑色である。オレンジの粉をお湯に入れると黄緑に変わるのが、面白いんですよね。

ジャスミン嬢。

話しながら、友哉は目の前の女性にこっそりと、そう名前を付けた。

「日記、いくらですか？」

「読んでみて、お気に召したらお求めください。お代は後でけっこうですよ」

これが、日記堂の決まり文句だった。

客の名前も連絡先も訊かない。代金どころか手付け金も貰わない。値段も告げない。

日記を受け取った客は、必ず日記堂を再訪した。彼らは日記を買うにしても返品するにしても、同額で法外な代金を要求されることになる。不思議なことに、誰もそれに対して不服は唱えず、それどころか猩子に深く感謝した。

そうしたありがたい顧客の中で、例外は、『ためらひ日記』を買わされた友哉くらいのものである。尤も、一冊百万円などとぼられる客も、友哉くらいのものだが。

「あの——」

ジャスミン嬢は所在なげに、短い赤髪に手をやった。

(あ、そうか)

日記堂を訪れる人の多くは、日記を求めるに至った身の上話をしたがる。猩子がそれぞれに合った日記を見付け出すのも、こうした話を参考にしていた。

ジャスミン嬢もきっと、何か話したいことがあるに違いない。

猩子の方を見ると、老紳士の応対をしているところだった。間の悪いことに、話はなかなか終わりそうにない。

「実は、この日記のことなんですけど——」

ジャスミン嬢は、友哉に向かって何ごとかを云いかけた。

けれど、それはすぐに「鹿野くん!」という呼び声にかき消されてしまう。

「あの。ちょっとだけ、すみません」

ジャスミン嬢にことわって、声のした方に目をやった。

「あ、先生、さおりさん」

開けはなった店の戸の真ん中辺り、顔の大きな人が淑やかな婦人と一緒に手を振っている。大学の丸山先生と、婚約者の安達さおりだ。

外の光が、二人の姿を影絵のように見せていた。なぜかつかの間、乱気流が生じて先生の長い髪が風になびき、傍らに立つさおりの顔にかかる。さおりのかぶっている帽子が飛んで、丸山先生の顔に当たった。

「ぶは」

二人は同時に、言葉にならない声を出す。

「鹿野くん！　猩子さん！」

丸山先生はさおりに帽子を返しながら、店に入って来た。

「それでは、わたしはこのへんで」

ループタイの老紳士は、長話に気付いた様子で立ち上がった。丸山先生とは顔見知りなのか、すれ違うタイミングで目礼をする。

「そろそろ、わたしも……」

蚊の鳴くような声がして、目の前の気配が遠ざかった。老紳士の後を追うようにして、ジャスミン嬢も店を出てしまったのだ。

「あの、もしもし」

呼び止めようとした友哉だが、ジャスミン嬢は立ち止まらなかった。

その後ろ姿を眺めるうち、友哉はさっきの既視感のわけに気付く。

（ジャスミン嬢って、髪型が秋村さんに似てるんだ——丸山先生の、元愛人の）

むつまじい様子の婚約者たちを、冷や冷やした気持ちで盗み見る。しかし、先生もさおりも、互いの存在より他はあまり関心ない様子だ。安堵しつつも、ちょっとムシャクシャしていると、制服の警官が信楽の壺を持って戻って来た。

「ここでいいですか？　置きますよ」

壺は前と同じく、友哉の背中がちょうど収まる場所に置かれた。心なしか、まだにおいが漂ってくる気がする。

「それでは、そろそろ失礼しましょう」

制服の警官は、店でくつろいでいる町内会長と民生委員に手招きをした。この人たちが、猩子と友哉の代わりに、毛ガニ騒ぎの後始末までしてくれたことになる。

「あらまあ、駐在さん。あらまあ、皆さん」

さすがの猩子も恐縮し、三人の後ろ姿を店の外まで見送って、ていねいにお辞儀をした。

「今のは警察の人ですか？　何かあったのですか？」

丸山先生たちは不思議そうな顔をするが、猩子は笑い声をあげてごまかした。

「それより、どうなさったの？　今日はおそろいで」

「結婚式の招待状をお持ちしたんですよ。猩子さんと鹿野くんは、縁結びの恩人ですから」

丸山先生は大きな顔を輝かせ、さおりは誇らしげに胸を張った。

(雨降って地固まる——というか)

(てのひらを返す——というか)

声を殺してささやき合う友哉たちをよそに、先生たちの話は二人の薔薇色の将来へと展開する。

そろそろ二階の窓を閉めようと階段に足を向けたとき、店から猩子が陽気に云うのが聞こえた。

「お二人にはお祝いに、夏毛ガニを御馳走しなくちゃ」

戸口に下げたガラス風鈴が、カラリと鳴った。

2

夕方になると、海に向かう風が安達ヶ丘を越えてゆく。

まだ少しも涼しさのない夕風に吹かれながら、江藤真美がアイスクリームを差し入れに来た。

冷房のない日記堂への苦情まじりに、友哉は涼しい差し入れを大歓迎する。

「でも、下界に比べたら、日記堂は魔法の国みたいに涼しいよ」

真美は飾り窓の外に見える緑を指さして云った。

猩子は勝手口から裏庭に出ると、黄緑色の小さな新芽を摘んで戻って来た。

「ミントの葉をね、こうして載せましょう」

「パイナップルミントですね。彩りが、可愛い」

型押しガラスの器に入れたバニラ味の球体を、女性二人は他愛ないおしゃべりをしながら、優雅な仕草でさっさと食べてしまう。友哉は、猩子の青い着物と真美の黄色いサックドレスをぼんやりと見比べながら、木製のスプーンをパクリと口に運んだ。

「男の人って、こういうの食べるの妙に遅いのよね」

「あー、判る、判る」

猩子は着物の青い裾をひるがえして、書架の整理にもどる。

真美は店先に出ると、アイスクリームの保冷剤にもらったドライアイスに、じょうろの水をかけてはしゃいだ。

最後まで残った友哉が三人分の器を洗って戻ったとき、外から低く忍び込むスモークに足首まで隠したかっこうで、猩子が悲鳴に似た声を上げていた。

「ない、ない！」

驚いた真美と友哉は、それぞれ店の外と板の間から猩子に駆け寄る。

「何がないんですか？」

異口同音に尋ねられた猩子は、ドライアイスのスモークに煙るガラス棚を指さした。

それは土間の片隅、二台の床机に載っている飾り気のないガラスの箱だった。床机の下が死角になるので、友哉はいつも脱いだ外履きを置いている。たまに、カマドウマがもぐり込んだりするから、そこに置いた靴をはく時には注意を要するのだが。

「ここに入れていたはずの、特別な日記がないのよ」

「ここに入ってる日記って、ワゴンセールみたいに値下げしたものだと思ってました」

友哉の見たところ、中に納められているのは、書架にあるのと代わり映えのない冊子ばかりだった。

「友哉くん、それは大間違いです」

猩子が床机の下に手をさしのべると、脚の一本から板が剝がれ落ちて、テンキーが現れた。真美はかがみ込んで板を拾い、友哉はテンキーを覗き込む。

「このふた、上手くできてる。素材は木なのに、タッパーのふたみたいにぴったりと付くのね」

「テンキーの素材も木だよ。凝ってるなあ」

真美に続いて、友哉も感心した声を出してから、「ん？」と首を傾げた。

「猩子さん、これってひょっとしてテンキー錠なんですか？」

「ええ。鬼塚さんは、うちの警備も担当しているんだけど。あの人、とっても凝り性なのよ。このガラス棚だって、象が踏んでも壊れない強化ガラス製。実際に、アフリカ象に踏んでもらって確認したんですって」

「それは本当に凝り性ですね」

友哉は、にこりとも笑わない鬼塚の風貌を思い出す。

「だけど――」

だけど、今、現実に、キーは解除されている。

ガラスのふたは、友哉が手をかけると、重たげに持ち上がった。

「普段は、こんな風には開かないわけなんですね」

「ええ。非常事態だわ」

猩子は腕組みをして板の間に上がり、いらいらと歩き始めた。数歩あるいては立ち止まり、向き直ってまた歩く。身をひるがえすたびに、青い袂が刃のように舞った。

友哉は困惑顔の真美と目を見合わせてから、猩子に視線を移す。

「大事なものなら、また警察に来てもらいますか？」

「それは、だめ。消えたのはね、佐久良肇さんの日記なのよ」

「佐久良肇って、あの怪盗ですか？」

真美が目を丸くする。友哉と猩子は、同じ動作でうなずいた。

佐久良肇氏は、《佐久良の甘〜いマーマレード》社長にして、少し前まで世間を騒がせていた《怪盗花泥棒》である。

「怪盗花泥棒としての本心を告白した日記。それは、ある意味では危険物ともいえるわ。彼は成功した実業家にふさわしい人徳と、怪盗花泥棒という甘美な背徳をそなえていた。問題の日記は、その両方を煮詰めて凝縮したみたいなものですからね」

「要するに、日記を読んだ人が、佐久良さんに感化されたらマズイってことですか」

「そう」

猩子は、近くを飛ぶ蚊を目で追って、蚊取り線香に火を点した。

「まさか、そんな単純な人も居ないと思うけど。それにしたって、有名な怪盗の告白文だもの。歴史に残る名品だわ。欲しい人には、いくらでも高値で売れたはずなのに」

猩子は片頰をゆがめて「ちっ」と舌打ちをする。

同じタイミングで、真美が「それは、もったいない」と小さくつぶやいた。

＊

日記堂に怪盗花泥棒の名で犯行予告が届いたのは、盆も近い八月十日のことである。その日の友哉は、一週間分の薪割りを命じられていた。

(どうして、こんなことしなくちゃいけないんだろう)

不平を云いながらも作業を終えて戻ると、店の中はいつもより暑く感じられた。

「友哉くん、これ見て」

猩子は琉球ガラスのコップでトマトジュースを飲みつつ、広げた紙をにらんでいる。

八月十六日二十四時、貴店が所蔵する紀貫之の日記をちょうだいしに参上

怪盗花泥棒

友哉は声に出してそれを読み、「わあ」と叫んだ。

コピー用紙にインクジェットプリンタで印刷されたらしい予告状は、コップから落ちた水滴で「に参上」の辺りがにじんでいる。

「怪盗花泥棒は逮捕されたんですよね」

呆然とつぶやく友哉を見ながら、猩子は氷のすき間に残ったトマトジュースをストローですすった。友哉の脳裡に、美しく巨大な蛾が、口吻を伸ばして何かの生血を吸っているようなイメージがわく。

「そうよ。あなたが怪盗花泥棒の佐久良さんを陥れて、警察に売ったんだもの」

猩子にそんなことを云われ、友哉はあふれる反論を飲み込まなくてはならなかった。

「佐久良さんは拘置所にいるし、そもそも日記堂に犯行予告なんかよこすはずないですよね。……ということは、この差出人は模倣犯ですか」

猩子はうなずく代わりに、細い鼻をうごかす。紬のハギレで作ったコースターにコップを置くと、氷が小さな音をたてた。

「つまり、居たんですね。日記に感化されちゃった、単純な人が」

佐久良氏の日記が消えたというガラス棚を、友哉は呆れたように眺めた。

「そう」

猩子は模様入りの花紙をだして、はなをかんだ。

「面倒くさい人の手に渡っちゃったみたいね、佐久良さんの日記」

「いくら共感したからって、普通は真似まではしませんよね」

あいづちを打つ友哉を、猩子は探るような目で見上げた。

「八月十六日と云えば、お盆の最終日だけど——。わざわざその日付にしたってことは、この予告状の主は、里帰りに来る人？　お盆休みのある勤め人？　ひょっとして夏休み中の学生？」

猩子の目つきが鋭くなり、友哉は慌てた。

「おれは無実ですよ。第一、夏休みとか関係なく、ここに来てますから——」

そこまで云ってから、友哉は急に目を丸くして「ああ！」と叫んだ。

「それより、紀貫之の日記って、『土佐日記』のことですか？　それとも紀貫之って、『土佐日記』の他にも日記を書いてたんですか？　だったら、まだ世の中に知られていないですよね。それが、ここにあるんですか？　すごいじゃないですか。――あれ？　猩子さんの苗字が紀なのは、紀貫之の子孫？」

「ああ、もう、うるさい人。男のくせに口数ばかり多いんだから」

怒りだした猩子だが、不意に姿が見えなくなった友哉を探して視線をめぐらす。

「友哉くん、どこ？」

友哉が帳場の横で電話機に手を掛けているのを見付けると、猩子は急いで受話器を取り上げた。

「何をしてるの！」

「泥棒が来るから、警察に知らせようと思って――」

「よけいなことしないの。犯人はあなたが捕まえるんだから」

「そんな、馬鹿な！」

驚いて叫んだが、猩子は耳を貸さなかった。

「佐久良さんの日記は、あの日までは確かにガラス棚の中にあったのよ」

「あの日って？」

夏風邪で休んでいた友哉が、日記堂に復帰した日――異臭騒ぎで、警察や町内会長が乗り込んで来た日——日記を求める客が重なった日である。

「あの時に来たお客さまは、古書店の安西さんと、銀行員の南田さんと……。それから、さおりが婚約者の丸山先生と二人で来て、ぺちゃくちゃぺちゃくちゃと、のろけて行ったのよね。ああ、うっとうしかった、うっとうしかった」

大福帳をめくりながらつぶやく猩子の横顔を、友哉は驚いて見つめた。

「ひょっとして猩子さん、お客さんの名前とか全部知ってるんですか？」

「いやね、当然じゃないの。どこの誰かも判らない人に、大事な日記を前渡しなんかできないでしょう」

見せられた大福帳には、顧客の住所や連絡先——その他にも、家族の有無、愛人の有無、隠しごとの有無、資産状況など、おそろしい緻密さで調べあげてある。

中には友哉のページもあり、大学を三浪したこと、江藤真美に告白しようか迷っていることなど、口外したことのない秘密まではっきりとつづられていた。

「猩子さんって、いったい何者……」

友哉はよろめいた。

「それはそうと——。友哉くん、さっきからなんだか汗くさいわよ」

「一週間分の薪割りしたんですから、汗くらいかきますよ」

友哉は頰をふくらませたが、同時に薪の風呂のイメージが胸に浮かんだ。小さい頃に入った田舎の風呂も、薪を使っていたのを思い出す。

（おれが入浴剤を入れ過ぎるから、祖父ちゃんや祖母ちゃんまで、風呂から出た後はジャスミンくさくて……）

ジャスミンくさくて。

その言葉が、花火のように弾けた。

「思い出した！　あのとき、お客さんがもう一人居た――居たんです」

腐乱したゆで毛ガニのにおいが残った店内に、ジャスミンのかおりをまとったお客が来店した。《古書店の安西さん》と、《銀行員の南田さん》に続く、第三の人物だ。

友哉が内心でジャスミン嬢と名付けたその女性客は、ジャスミンのかおりを別にすると、ひどく存在感のうすい人だった。

（ええと、確か――秋村さんみたいな赤毛のショートカットで……）

ジャスミン嬢は、ジャスミンの入浴剤によく似た色合いのサマーセーターとスカートを着ていて、暗い面持ちで友哉に日記帳を差し出したのだ。

――あの、これを読んでみたいと。

――お気に召したらお求めください。お代は後でけっこうですよ。

友哉は、聞きなれた猩子の口ぶりを真似てそう云った。

五月に日記堂に来てから力仕事と使い走りばかりしていた友哉は、接客の要領について何も知らなかった。訪れる人の名も素性も知らないままに、猩子が日記を前渡ししていると思っていたのだ。

「ふむ。それで友哉くんは、その誰とも知れない人に、ご所望の日記を気前よく渡してしまったわけなのね」

「……ジャスミン嬢です」

弁解代わりに個人的な通称を告げたが、猩子は声を立てずに笑った。

「ジャスミン嬢が持って行ったのは、確か――オレンジ色の表紙の日記でした」

「それこそ、佐久良さんの泥棒日記だわ」

「テンキー錠を解除したのはどうかと思うけど、一応、おれのところに持ってきたわけだし。泥棒とは違うんじゃ……」

猩子の微笑みに、迫力が増す。

「友哉くん、行ってそのジャスミン嬢とやらを、とっつかまえていらっしゃい」

コップにトマトジュースをつぎ足し、それを一気に飲み干してから、猩子は細い舌で唇を舐めた。

（ギャラリー《十三夜館》で佐久良さんが捕まったとき、真犯人は逃げたままなんだ）

3

怪盗花泥棒の佐久良肇が逮捕されたころ、友哉の周辺にはまとわりつくようにジャスミンのかおりがしていた。それを思い出して鼻をくんくんさせると、となりに居る江藤真美がポケットティッシュを差し出してくる。

「鹿野くん、夏風邪？」

「ちがうけど」

周囲にはジャスミンのかおりがしないことを確認し、友哉はあらためて真美の顔を見た。

「きみ、本当に一緒に来るの？　泥棒探しだよ。危ないんだよ」

「だって、鹿野くん、業務命令を受けたんでしょ？」

「猩子さんの云うことに、きみまで巻き込むわけにいかないよ。猩子さんの要求ってのは、常に理不尽で強欲で思いやりもなく、無茶で唐突で――」

「いいの」

強い声で、真美は際限のない不平をさえぎった。

「こうでもしなくちゃ、鹿野くんと猩子さんの間に割り込めないでしょ」

友哉のTシャツの裾をつかむと、真美は先に立って歩き出した。

友哉は電流に打たれたように、ぎくしゃくと後ろに従う。

「シャツ、伸びちゃうんだけど」

ミントティーを飲み下したときに似た、ひりひりした感覚が気管を往復した。それが幸福感だと気付くまで一秒もかからなかったが、胸騒ぎにもそっくりだとは、気付く前に知っていたように思う。

後ろ手にTシャツをつかんでいた真美の手が、ぱっと離れたかと思うと、こちらを見もしないで友哉の手に触れる。小さな手は、そのままギュッと友哉の手を握った。

「…………」

友哉は「このまま死んでもいい！」と心の中で叫び、しかし死ぬことはなく、Tシャツの裾が一ヵ所だけ尻尾のようにダラリと伸びた。

＊

交番と町内会長と民生委員に続いて訪ねた先は、あの日の一人目のお客だった。

友哉の通う大学近くで古書店を営む、安西という老紳士である。安西氏は古い回転椅子の上から友哉を見上げ、その視線を楽しそうに真美へと移した。

「彼氏、文学部の子だろう。日記堂とは、面白いアルバイト先をみつけたものだ。しかし、ここの店番もなかなか楽しいんだよ」

安西氏は店の中から、街路を眺めるのを趣味としているらしい。その観察眼は鋭く、監視カメラも顔負けだった。

「鹿野くんって、お人好しな子だよね。ほぼ一週間に一度の割合で、道を訊かれているものな。確か、迷子の家族を呼んであげたこともあったよなあ」

「怖ろしい……」

見られていたことが怖ろしいのか、己のお人好し加減が怖ろしいのか、友哉はつぶやきつつ「うーん」と首を傾げる。

そんな様子を眺めながら、安西氏はにこやかに続けた。

「それはそうと、猩子さんのところには、相変わらず面白いものがあるねえ」

安西氏は、机のひきだしから大学ノートの束を取り出した。どれも、『白鳥観察日記』と表題が書かれている。書き手の名前も、はっきりと記されていた。

「あの日、ぼくが買ったのは、これだよ」

書き手が自宅近くの沼で、飛来する白鳥を観察した日記だという。

最初の日付は、終戦の翌年までさかのぼった。記述は白鳥の居る冬季に限られ、飛来した数と差し入れた餌の量だけが、ごく機械的に記されている。鳥インフルエンザが騒がれて、野鳥への餌付け自粛が勧告された年に、日記は唐突に終わっていた。

「この人は、ぼくの幼馴染みなんだ。戦争で疎開した先の小学校に居た、いじめっ子でね。ぼくも最初はよくいじめられたが、冬になると一緒に白鳥を見に行ったんだ」

——なあ、安西。白鳥ってさ、鍋にしたら美味そうだよな。

いつもそんなことを云っていた悪童は、意外にも生涯をとおして白鳥に餌付けを続け、それを止められた年に持病の悪化で亡くなったらしい。

「きっと憤死だね」

「憤死？　白鳥の餌やりを止められて、憤死したんですか？」

驚く友哉の後ろで、真美は「でも、ちょっと判るかも」とつぶやいている。

「あいつはわがままで、周囲の意見など耳を貸さない——しかし、とても優しい男だったんだ。ぼくはね、これを売ってもらって、日記堂さんに本当に感謝してるよ」

安西氏は角の折れた大学ノートを撫でた。

「近々、お支払いに参上すると猩子さんに伝えておいてよ」

「判りました。ありがとうございます」

友哉はかしこまって頭を下げてから、深呼吸をする。

「ところで、ですね——」

ぎこちない調子で本題を切り出した。作り話が混じっているから、口にするのが心苦しい。

「この日記をお求めになった日なんですけど。別のお客さんが、日記堂に忘れ物をなさいまして。届けてあげたいんだけど、連絡先が判らないんです。あの時に居合わせた人に関して、ヒントになることを覚えていないですか」

「お客の連絡先なら、猩子さんがメモしているはずだよ」

さすがに常連らしく、安西氏は大福帳のことを知っているらしい。

「実は、ぼくの失敗なんです」

友哉が正直に頭を下げると、安西氏は同情気味に息をついた。

「それは気の毒だけど、ぼくは覚えていないなあ」

「その人、ガラス棚の日記を見ていたと思うんですが」

真美がそう云うと、安西氏の目に不思議な光が浮かんだ。

「ガラス棚の日記と云えば、レアものではないかい？」

「え――ええ、まあ」

友哉は困ったように頭をかく。

安西氏は、何ごとかを察したように立ち上がると、両手を広げて、友哉たちの肩を叩いた。整髪料なのか、白くなった頭髪から、かすかにジャスミンのかおりがした。

＊

お客の二人目は、銀行の駅前支店に勤める女性行員である。

企業の給料日というわけでもないのに、銀行はひどく混んでいた。

「ちょっと、お金おろして来ていい？」

長い列が出来ているATMコーナーを見ながら、真美は遠慮がちに云う。

「いいよ」

うん、うん、とうなずいてから、友哉は店内を見渡した。

目指す南田さんはすぐに見付かったものの、そこはさしずめ、笑顔の戦場であった。カウンターの中に居る誰も彼も、柔らかな物腰の下に「寄らば斬る」的な迫力を秘めている。

友哉はどう話しかけて良いか判らず、順番札をとって、長イスに腰掛けた。

待ち人数を知らせる電光の数字はなかなか減らず、友哉は古書店で買ってきたばかりの文庫本を開く。少しすると、ATMコーナーから戻ってきた真美が、友哉のとなりで備え付けの雑誌を読み始めた。

――九十五番のカードをお持ちのお客さま、四番窓口までお越しください。

いつの間にか本に熱中していた友哉は、指にはさんだ感熱紙の札をチラリと見る。

(あ、おれだ)

運の良いことに、四番窓口には南田さんが座っていた。

友哉が近付いて行くと、慇懃に席を立って「いらっしゃいませ」と気持ちよい挨拶をくれる。

営業用の笑顔に圧倒されたかっこうで、友哉は口ごもった。用意してきた質問をぶつけるには、ひどく場違いなシチュエーションに思えたのだ。

「日記堂から来たんですが」

「はい？」

「あなたが来店した日なんですけど。別のお客さんが、日記堂に忘れ物をなさいまして。届けてあげたいんだけど、連絡先が判らないんです。あの時に居合わせた人に関して、ヒントになることを覚えていないですか」

南田さんの完璧な笑顔に、小さなヒビ割れが生じた。

「申し訳ないですけど」

うすく開いた唇の端から息を吸い込み、南田さんは小さい声で云う。

「そんなこと、知りません」

「でも、何か少しくらい覚えてるんじゃないですか？」

「あのですね」

南田さんは咳払いした。

「そういう私用で窓口に来るのは、遠慮してもらえないですか。後になってそんなこと聞きに来るなんて、感じ悪いですよ」

南田さんは器用な笑顔のまま、他に聞こえない声で「もう来ないでくださいよ」と云う。

友哉はピレネー犬のチョッピリ子を思わせる上目で相手を見て、逃げるように銀行を後にした。

＊

真美が丸山先生に電話をしたところ、婚約者の家に居るという。

「おなかすいたよね」

友哉たちは裏通りのたい焼き屋で黒豆たい焼きを買って、歩きながら食べた。頭から食べて、せびれの辺りまできたらのどがつまった。

「このあたり、自販機ないんだね」

地図を頼りに歩いていたら、古風な町並みに入り込んでいた。どの家も一軒分の敷地が広く、人の声がしない。ずっと遠くから小学校のチャイムがうっすらと届き、それが静けさをよけいに強調しているようだった。

「むかし、歩きながら食べるのは行儀が悪いって、おばあちゃんに叱られたっけ」

真美は鯛焼きの下半身を「もぐもぐ」食べながら云う。

「それにしても、のどがつまる」

鯛焼きの残り半分を苦しみながら飲み下すと、安達家の屋敷が見えてきた。

ひときわ広くて、古い。高校の修学旅行で見た武家屋敷さながらの威容である。圧倒されている目の前でくぐり戸が開き、家政婦の土田さんが手招きした。

「お待ちしておりました。どうぞ、こちらへ」

控えめだが気配りの良い老家政婦は、ピレネー犬を散歩させるのと同じ要領で、時折こちらを振り返りながら早足で歩く。

案内されたのは華麗な洋風建築だった。

ウッドデッキでは、くつろいだ風の丸山先生が、携帯電話を耳に当てていた。

「遅かったから、電話するところだったんだよ」

顔が大きいために、電話が小振りに見える。

婚約者のさおりは、新妻向けの女性雑誌を読んでいた。その足もとでは、お馴染みのピレネー犬が昼寝をしている。

「すみません。せっかくお二人で居るところに、押し掛けてきまして」

「きみたちも、大人びたお愛想が云えるようになったのだね。先生は嬉しいよ」

丸山先生は尊大に云って、二人にイスを勧めた。

友哉と真美は並んで、うすいクッションを敷いたベンチに腰を降ろした。

真美は、饗されたレモネードをありがたそうに飲んでいる。

友哉は持ち上げたグラスを途中でとめて、じっと丸山先生を見つめた。

「どうしたんだね、鹿野くん。ぼくの顔に何か付いてる？　ん？」

「先生はさおりさんの実家のことで、随分と不満そうだったのに。今日はご機嫌だなあと思って」

　友哉が耳打ちすると、丸山先生はシャツの裾で携帯電話を拭きながら、友哉にささやき返した。

「おかげさまで、本当に大事な人が誰なのか判っただけでも、ぼくは成長したよ。その人のためには、あらゆる苦難を耐え忍ぶことを、ぼくは厭わないと決めたんだ」

　あらゆる苦難とは、未来の舅たちの念入りなお節介のことだ。

「まあ、鹿野くんもくつろぎなさい」

　丸山先生は、未来の舅に建ててもらった家を目で示し、満足そうにあくびをする。

　友哉はなんだかムシャクシャしてきたので、話題をかえることにした。

「先日、お二人が日記堂に見えたときのことで、お訊きしたいことがありまして」

「あの日、ぼくたちは、前に買った日記を返しに行ったんだよ」

　丸山先生は、さおりと顔を見交わして微笑んだ。二人が返品したのは、丸山先生のかつての浮気相手が書いた日記だった。

「実はあの日、日記堂に忘れ物をした人がいるんです。届けてあげたいけど、連絡先が判らなくて……。店に居合わせた人のこと、何か覚えていないですか」

友哉は用意してきた嘘を云ったが、返ってきた答に得るものはなかった。

「あの時、店に誰か居たっけ？」

「いいえ、どなたも居なかったと思いますよ」

「そう。さおりさんと、ぼくの他には、誰も居なかったよね」

結婚披露宴の招待状をたずさえて来た二人の間には、余人の入り込むすき間はなかったらしい。

「どうする？」

真美が気遣わしげに見上げてくる。

「うん、困った……」

友哉の落ち度から、日記堂に泥棒が入るかも知れない。あのおどおどしたジャスミン嬢が、泥棒をしてしまうかも知れない。模倣犯が出現したら、佐久良肇氏はどんなに嘆くだろう。考えれば考えるほど、気持ちが重くなった。

「何か事情がありそうだね。ぼくたちでよかったら話を聞こうじゃないか」

くっきりとした二重まぶたが分別げに細くなるので、友哉は慌てた。

「いや――いいんです。日記堂の中のことですから」

「水くさいなあ。他ならぬきみたちの悩みなら、捨て置けないじゃないか」

「いや、捨て置きましょう。ほら、可愛い子には旅をさせろ、ですよ」

丸山先生の大きな顔に迫られて、友哉は見当違いなことわざを口走る。

そんな困り顔に気付いたらしく、さおりが助け船を出してくれた。

「落ち込んだ時には、友哉くんのお父さまのカフェに行くのがいいわ。《ラプンツェル》のお茶は、心に効くって評判なんだから」

「よし、それこそ名案だ。さすが、さおりさんだね」

一同は、さおりの運転する金色のフォルクスワーゲン・ビートルに乗せられて、公園に向かった。狭いリアシートに載せられた友哉と真美は、お互いの姿を見てなんとなく笑い出す。

そんな二人の存在など忘れたように、さおりはずっとオート三輪のことを話し、丸山先生は笑ったり呆れたりしながら聞いていた。

「《ラプンツェル》は、マツダK360だったかしら。あの子は、フロントの斜めのエンブレムが、とっても可愛いのよね」

「さおりさんにかかれば、古いクルマは皆、《あの子》や《この子》なんだよ」

友哉の居る後部シートを振り返って、丸山先生は幸福そうに云う。

「うちの親父もそうですよ。――あ、この辺りです」

夏休み時期の《ラプンツェル》は、芝生のある土手で開店していた。

父とさおりはすぐにクルマのことで意気投合し、おしゃべりに熱中し始める。自動的に、友哉と真美と丸山先生がカフェの手伝いをさせられることになった。

「ねえ、きみたち。これは美味そうだね」

「はい。美味そうですね」

丸山先生の削った氷に蜂蜜のシロップをかけながら、友哉は実感を込めて答えた。

八月に入ってからの《ラプンツェル》の人気メニューは、この蜂蜜と小豆のかき氷だった。廉価なアンティークである型押しガラスの器が、夏らしい風情をそえている。

ハーブティーを目当てに出てきた友哉たちだが、自ら作ったかき氷を見ていると、こちらの方が魅力的に見えてきた。

「おまちどおさまでした」

小さなカウンターから、二皿のかき氷を差し出す。

受け取ろうと手を差し伸べていたのは、二十代半ばほどの女性客だった。黄緑のサマーセーターを着て、上とお揃いのスカートをはいている。

見たことのある人だと、友哉は思った。

「あー、あー」

突然、友哉は言葉にならない声を上げて、手をばたつかせる。

器がひっくり返るところを危ういタイミングで受け取って、相手は怒っていいのか驚いていいのか困った顔をした。

そのどこかエキゾチックな顔立ちをながめるうちに、友哉の声は尻すぼみに小さくなる。

「なんでしょうか？」

指にこぼれた小豆をつまんで食べながら、黄緑のニットの人は小首を傾げた。

着ているものは、友哉の記憶にあるジャスミン嬢と全く同じだ。

しかし、顔が違う。よく見れば、髪の色も違う。

「ごめんなさい――すみません！」

友哉は深く頭を下げながら、タオルのおしぼりと、ワッフルを二つ差し出した。

「人違いをしました。ワッフル、おわびです」

黄緑のニットの女性は、「あ、もうけた」と寛大に笑い、「かえって、ごめんね」と喜んだ。

ジャスミン嬢と瓜二つの後ろ姿が、芝生の方に駆けて行く。連れらしい若い男が、サービスのワッフルを受け取って、こちらに会釈した。

つまさきでツツツ……とすり足加減に、真美が近寄ってくる。

「鹿野くん、ひょっとして今の人？」

「よく似てたんだけど……。でも、別人だった」

友哉が落胆を飲み込んでいると、オート三輪の店内から父が真美を呼んだ。

「真美ちゃん、これを配達してくれる？」

指さす先のベンチに、常連の老夫婦が相変わらず睦まじげに並んで座っている。真美はうらやましそうにその姿を見つめ、友哉を振り返ってにっこりした。

「了解です、お父さん」

真美は《ラプンツェル》の名入りのマグカップをトレイに載せ、なかなか堂に入ったウェイトレスぶりでタンポポコーヒーを運んで行く。真美の後ろ姿に、友哉は心ならずもデレデレし、「お父さん」と呼ばれた父も同じほど「デレデレ」した。

そんな甘美な心地を破るように、丸山先生がひじで友哉の腹をつつく。

「さっきはごまかされたけど。鹿野くん、日記堂で何があったのか教えなさい」

形の良い目が、鋭い光を帯びている。友哉は口ごもりつつ、それでもどこかで腹を決めたように真面目な声を出した。

「あの……。紀貫之の『土佐日記』とは別の日記って、知っていますか」

——八月十六日二十四時、貴店が所蔵する紀貫之の日記をちょうだいしに参上
日記堂にとどいた犯行予告は伏せたまま、友哉は紀貫之ファンの嗜好をくすぐるようなことを云った。案の定、丸山先生の興味は日記堂からそれる。

「『竹取物語』は紀貫之作で、実は日記だと考えて差し支えないと思う——という話

は、前にもしたよね」

「あ、云ってましたね」

つまり、日記堂に『竹取物語』の原本があるということなのだろうか？

それなら確かに値打ちものだろうが――。

「でも、あれは荒唐無稽な話でしょう？　竹から生まれた女の子が、あっと云う間に大人になって、不老不死の薬を残して月に行くわけで。日記じゃないですよね、どう考えても」

友哉ならずとも、誰でも口にするであろう反論を聞きながら、丸山先生は声を出さずに笑った。

4

予告日前日の八月十五日。安達ヶ丘のふもとからのびる飛坂は、友哉がかつて見たことのない人出で混雑していた。

彼らは手頃な木の枝に電線を渡して提灯をさげ、道に沿って組み立てた骨組みに天幕を張っている。プロパンガスのボンベや、鉄板、射的の賞品を並べる棚などが、次々と運び込まれて、露店ができ上がっていった。

「縁日ですか?　宵宮ですか?」

いつもどおり、ガラス棚の下にスニーカーを隠しながら、友哉は店の暗がりに向かって声を掛けた。

「坂の上に、神社かお寺があるのかなあ」

安達ヶ丘に登った初日に雑木林で迷ったので、友哉はすっかり懲りている。あれ以来、ふもとからこの日記堂を結ぶ坂道より先には、足を伸ばしたことがなかった。

「神社もお寺もないわよ」

猩子は雑木林で摘んできた山ハギを生ける手を止めて、こちらを振り返った。

「毎年ね、うちの前の広場で盆踊りするの。楽しいのよ」

「へえ。いつですか?」

「ご先祖たちが、むこうに帰る日。八月十六日」

「ニセ怪盗花泥棒が来る日じゃないですか」

「ああ、そうだったわね」

鋭い音をたてて、猩子のハサミが花の茎を切る。

「友哉くん。あなた、お盆は休むんじゃなかったの?」

「それどころじゃありません。ニセ怪盗花泥棒が来るのは、明日の夜ですから」

友哉のニセ怪盗花泥棒さがしは、すっかり手詰まりとなっていた。

それでも猩子は、犯行予告のことを警察に知らせようとしない。素人の友哉に犯人探しを命じたまま、ふだんと変わりなく過ごしていた。

「ひょっとして、犯人は盆踊りの人たちに紛れて来るのでは？」

友哉はガラス棚の下からスニーカーを引っ張り出すと、外を見に行く。ひと渡り、炎天下の坂道を眺めてから、店に戻って来た。

「どう？　怪しい人、居た？」

はなから期待もしていない様子で、猩子は訊いてくる。生け終えた花を満足げに見つめると、隣室の違い棚に飾った。紺地に白でクモの巣を描いた浴衣の模様が、猩子が動き回るたびに気味悪く揺れた。

「不気味な模様の浴衣ですね」

無遠慮に云うと、猩子は「失礼ね」と云って振り返った。

「これは、和服の伝統的な柄なのよ。捕まえたら逃がさないっていう意味があって、昔は粋筋の人が好んで着たんですって」

「捕まえたら逃がさない、ですか」

確かにこの人はそういう人かも知れないけど――。

現実に捕まって逃げられずにいる友哉は、変に感心して相手の言葉を繰り返した。

しかし、のんきに浴衣の模様のことを話している場合ではない。犯行を予告された日は明日なのだ。

「ねえ、このままでいいんですか、猩子さん」

「ふにゃあ」

猩子は小さくあくびをすると、帳場に頬杖をついてうたた寝を始めた。

＊

翌日の午後になると、夜店はふもとから日記堂のある広場まで、ひしめくように立ち並んだ。猩子は早めに店開きをした夜店に押し掛けて、おでんやチョコバナナをもらって喜んでいる。

――チョチョイのチョイ。

――違う、違う、こうよ。チョチョイのチョイ……あ。

夜店の手伝いに来たらしい小学生が、盆踊りの稽古をしていた。

手本を見せると云って袖を振り上げた猩子は、チョコバナナを落としかけ、危うく受け止めてくれた小学生と、声を合わせて笑っている。

(猩子さん、完全に盆踊りモードになってる。犯行予告の日だってのに)

万策尽きた友哉は、意味もなく日記堂の店の中を歩き回った。

飛坂のお祭り騒ぎを敬遠してか、日記堂には昨日からお客が一人も来ない。それも無理からぬことで、店の前の広場には紅白模様のやぐらが建ち、提灯が飾られて、極めて陽気な空間ができあがっている。

第一、店主の猩子が、店そっちのけで露店に出入りしていた。当人は手伝っているつもりだが、せっかく積み上げた商品をくずしたり、やぐらの足場を壊したりと、じゃまになってばかりいる。

(猩子さんはきっと、ニセ怪盗花泥棒の予告なんかイタズラだと思ってるんだ)

友哉はそんな風に思ってみる。

(それに――本当に紀貫之の日記なんてのが実在するとして、こんな所においそれとあるわけないし)

茶簞笥から自分用のマグカップを出して麦茶を注ぎ、友哉は外の平和な喧噪に耳を傾けた。

少しぬるい麦茶を飲み下すと、このところ続いていた緊張がほどけてゆくような気がする。と、お客が来ない店先を、奇妙なものが横切った。

(クモ?)

クモにしては、大きすぎる。そして、赤すぎる。

てのひらに余るほどの真っ赤な甲殻類が、すっくと立って横歩きをしているのだ。

(毛ガニ? ――先月、小料理屋の不知火から買った、あの北海道産の夏毛ガニ?)

友哉は目の前でうろうろしている、生きているゆで毛ガニを見つめた。――そう、それは見れば見るほど、紛れもなくゆでられた毛ガニなのだ。

友哉がもらった方は置き忘れてしまったせいで、死体遺棄疑惑まで起こしたが、目の前に居るのは猩子が皿に取り分けた分か？　こちらはどうして腐乱していないのか？　冷蔵庫に入れていたから？　それともまた別の毛ガニ？

（いやいや、そういう問題じゃない。ゆでてあるのに、生きているんだから）

ぺたぺた……。

露店から戻った猩子が、友哉の背後に立った。

「あらあら、こんな所に居るんだから」

動き回る毛ガニの前にしゃがみこみ、猩子は白い手の中にある小瓶のふたをクッとひねった。夕方の海の色をした貝殻の粉。登天さんからプレゼントされた小瓶である。

「猩子さん？」

友哉はふと夢でも見ている心地になり、ぼんやりと猩子の名を呼んだ。

猩子は顔を上げず、てのひらに取ったひとつまみの粉を、毛ガニに振りかける。

………。

かしゃり……。

カニの殻をむいたときの、ちょっと湿ったような音がした。食卓で聞いたならば反射的に「うまそう」と感じる音なのに、今は軽い吐き気を覚える。

夕日色の貝殻粉を浴びて、生きているゆで毛ガニは倒れ、そのままただのゆで毛ガニになった。——ぽっくりと、死んだのである。

友哉がとっさに後ずさったので、麦茶の残ったマグカップが倒れた。なにかとても良くないものを見た気がして、鼓動が激しく打ち始める。

（あの瓶の中身は、毒薬？　これが猩子さんの奥の手なのか？）

そう思ったとき、猩子の顔がこちらに向いた。目が弓の形に細くなり、友哉に笑いかける。

「友哉くん、毛ガニ食べない？」

「け——けっこうです」

友哉は、懸命にかぶりを振った。

*

一旦はアパートに戻ったものの、どうしたって落ち着くものではない。

窓から見おろす町内の角々には、送り火を焚く細い煙が上がっていた。テレビから流れる怪談スペシャルが、黒い窓ガラスに映って左右逆に見える。

友哉は表情の消えた顔で窓を見つめ、テレビを見つめ、ひとつ大きなクシャミをしてからテレビを消した。

そのままいつものスニーカーをはいて、ドアを出る。機械的な動作で階段を降り、一階までたどりつくころ、友哉の目にようやく意志の光らしいものが戻ってきた。

(何が起こるのか判らないけど――)

日記堂からもらったオンボロの自転車にまたがり、戻って来たばかりの道を急ぐ。

(このまま知らないフリは、できないんだ)

夏至を二ヵ月近くも過ぎた太陽は、とっくに隠れてしまっている。家々の開けはなった窓からは、プロ野球中継の音がもれていた。

(よし、よし、よし、ツーアウト!)

歓声につられ、おでん屋の開け放した戸から、テレビをのぞき込む。友哉も胸の中で拍手しながら、どちらがツーアウトなものやら、そもそもどのチームの試合なのかさえ判っていないことに首を傾げた。

(おれ、何だか変かもよ)

交差点ごとに、赤信号につかまるのがもどかしい。

安達ヶ原ニュータウンの入口では、小料理屋《不知火》の女将に呼び止められた。

――日記堂のバイトさん、夏毛ガニは最高でしょう。また味見して行きなさいよ。

――すみませーん!

女将の厚意を置き去りにして、お盆の住宅地を急いだ。

しかし、夢の中で気が急いているときのように、ペダルを踏んでも踏んでも、思うように進まないのだ。まるで超常現象の中に居るような——誰かに行く手を阻まれているかのような気がしてくるが、本当のところは自転車が古いためである。

やがて星空を背景に、安達ヶ丘が三角形のシルエットになって迫ってきた。

自転車を止めた背中を、ポンと叩かれて、友哉は悲鳴を上げそうになった。

「鹿野くん、遅刻！」

振り向くと、真美が怖い顔をして立っている。紺地にアネモネの花を染めた浴衣を着て、それが似合って可愛いやら、でも、真美がどうしてここに居るのやら——友哉は言葉をなくしてただ手をばたばたさせた。

「お祭りに一緒に行こうって、メールしたでしょ」

真美は、友哉がいつも携帯電話を押し込んでいるジーンズのポケットを指さす。確かめてみると、確かに画面上にメール着信のアイコンが出ていた。

「気付かなかった。ごめん」

「ニセ怪盗花泥棒が来るの、今夜だね」

メールの話題を後ろに追いやるようにして、真美はまじめな顔で云った。

（そうか……）

一緒にお祭りに行こうというのは口実で、友哉が来なければ真美は一人でも飛坂を登って日記堂を訪ねる気だったのだろう。しかし、相手が泥棒であること、午後に見た猩子の毒薬のことを思えば、これ以上、真美を巻き込むのは避けるべきだ。

「気持ちは判るけど、真美ちゃんは――」

帰りなさいと云うより早く、真美は下駄の足取りも軽く飛坂を登りだす。

「真美ちゃん、待って」

飛坂の登り口までびっしりと並んだ夜店の屋台や天幕を、三々五々に集った客たちが冷やかしてあるく。アネモネの浴衣を着た真美の後ろ姿は人混みに紛れて、追いかける視界から見え隠れした。

幼稚園児らしい子どもの綿菓子をTシャツの端に絡ませてしまい、友哉は平謝りに謝って弁償した。その間に真美の姿を見失い、友哉は慌てる。右へ、左へと視線を巡らせていると、一筋、ジャスミンのかおりが顔の前を横切った。

(出た?)

鼻をひくつかせてかおりを追おうとすると、イカ焼きの煙にかき消されてしまう。

「おにいさん、道の真ん中で立ち止まらないで」

法被の背中に祭の文字を染めた金髪のおじさんが、友哉の肩を押した。

「すみません」

通い慣れた飛坂で、自分だけが浮いているというのは、奇妙な心地がする。

(真美ちゃんは、日記堂を心配して来たわけだから――)

日記堂まで行けば追いつくはずだ。そう思って足を速めたものの、坂を登るにつれいよいよ混雑して、思い通りには進めない。そんな中、ふいに視線を感じて顔を向けると、アニメのキャラクターをかたどったプラスチックのお面が、夜店の棚に並んで笑顔をこわばらせていた。

――盆踊り実行委員会のメンバーは至急、盆踊り会場に集合してください。

拡声器でにじんだ声が聞こえる。

ようやくたどり着いた中腹の広場では、盆踊りの準備が進み、坂道の夜店に負けず賑わっていた。

対照的に、灯りもつけず廃屋のように見えるのが、日記堂の建物だ。店の扉は施錠されていたが、裏に回ると雨戸も勝手口も、開け放ったままにしてある。

(泥棒が来るってのに、不用心すぎだよ)

もしや、猩子の身に危険がおよんでいるのではないか。

猩子が泥棒を返り討ちにしてしまったのではないか。

いやなシチュエーションが胸に浮かんだとき、黄緑色のニットを来た女性が、広場を横切るのが見えた。

(ジャスミン嬢！)

ショートカットの頭を少しうつむけて、ジャスミン嬢は広場を突っ切って飛坂の上へと向かっている。いつも、鬼塚氏がデッドストックの日記を運んで行く方角だ。

折しも、日記堂前の広場では、盆踊りの準備に番狂わせがあったらしい。険しい声で云い合う男たちの間を、古い蓄音機を持った中年の婦人が「じゃま、じゃま」と怒りながら通り過ぎる。

友哉はジャスミン嬢の後ろ姿を追って、喧噪の広場を横切った。

(この先は、真っ暗だ——)

広場が口をすぼめた先、左右から雑木林が迫る小道の前で、友哉は立ち止まった。

ジャスミン嬢はライトを持参しているらしく、歩調に合わせて人魂のような光を揺らしながら、遠ざかってゆく。

友哉は、初めて安達ヶ丘に入って迷った日のことを思い出した。

五月の夕暮れ時、いくら歩いてもアヤメの咲く池のほとりに戻ってしまい、猩子に見つからなければいつまで迷っていたか判ったものでなかった。それに懲りていたからこそ、友哉は今日までふもとと日記堂を結ぶ坂道より先に、入ってみようなどとは考えもしなかった。

そして今、前方にのびるのは、黒く口を開けた闇の小道なのである。

(怖いな)

無意識に飲み込んだ息が、のどを上下させる。

弛緩したように伸ばした手に、不意に細い棒が触れた。

小田原提灯？

確か、そう呼ばれるものだったと思う。

円筒形の細い提灯に、持ち手の棒が取り付けられている。友哉の手に渡されたのは、その持ち手の部分だった。

「え？」

振り返った先、友哉のひざの高さから、プラスチックのお面が見上げていた。

「だれ？」

背後からくる盆踊りの明かりが、その刹那、ベニヤ板を運ぶ人たちで遮られる。

友哉の持つ小田原提灯だけが、彼の足もとにしゃがみ込んだ人物を頼りなく照らした。はっきりと見えるのは、おどけた表情のお面だけ。あとは、浴衣の青い袂と、ひっつめにした長い髪――。

「猩子さん？」

そうささやいたとき、背後で藪を揺らす音がした。

とっさに振り返るが、そこにはただ暗緑の闇があるばかり。

ベニヤ板を運んでいた一団が通り過ぎ、友哉の立つ位置にも再び明かりが射した。

けれど、あらためて目を戻した場所には、小田原提灯を手渡してくれた人物は影も形もない。その代わり、背後からまた別の、気ぜわしい気配がした。

「鹿野くん、鹿野くん」

友哉の名を呼んだのは、丸山先生だった。手にした懐中電灯が、広場の提灯の群れをしのぐ光を発している。

「LED仕様の最新型だよ。すごいだろう」

丸山先生は子どもっぽい云い方をして、友哉の小田原提灯を見た。

「鹿野くん、そんなクラシックなものは消しなさい。火事になったら、危ないよ」

「はい……」

友哉は、ナゾの人物から渡された提灯を、時代劇の人物がするように折りたたんで、中のろうそくを吹き消した。ぼんやりとした明かりが消えると、これを手渡してくれた人の存在さえ幻だったように思えてくる。

(猩子さんに似ていたんだけど――)

見上げてくるプラスチックのお面だけが、脳裡に焼き付いている。それを思い返すと、蒸し暑さの中で背筋がぞくぞくした。

「先生はどうして、ここに?」

「わがライフワークの正念場だ」

丸山先生は目だけを動かして、広場とは逆、暗い上り坂を示した。意味はよく理解できなかったが、ジャスミン嬢の向かった方角へと進むつもりでいるらしい。

「鹿野くんが同行したいなら、敢えて拒む気はないよ」

丸山先生は、少し青い顔をして友哉の背中を押した。ライフワークの正念場とは何のことかは判らないものの、一緒に来て欲しいようだ。友哉は、暗い小道と丸山先生の懐中電灯を見比べた。

「じゃ、いっしょに行きましょう」

友哉は明かりを持っている丸山先生に「お先に」と手振りで示す。その後ろに続く友哉は、やはり時代劇で見たように、小田原提灯をジーンズのベルトに提げた。

「ときに、きみは江藤くんとデートだったんじゃないのか？」

「先生、真美ちゃんを見たんですか？」

「江藤くんなら、射的の屋台に居たよ」

丸山先生は自慢の懐中電灯を友哉に握らせて、先に行くようにうながす。

（それなら、かえって安心だ）

真美の思いがけない脱線に胸をなで下ろし、友哉は文句も云わず暗がりの先に立った。広場下の道よりずっと細い上り坂は、足音さえ吸い込むように静かである。

「エッサ　エッサ　エッサホイ　サッサ。お猿のかごやだ　ホイサッサ」

童謡が口をついて出て、しかしそれしか覚えていないので、同じ一節を繰り返す。

「エッサ　エッサ　エッサホイ　サッサ。お猿のかごやだ　ホイサッサ」

「鹿野くん、先に進みなさい。いらいらするぞ」

「進んでますけど」

「歌だよ」

「この先は、判らないんです」

そう云って黙り込むと、再び異様な沈黙が訪れた。どうして足音が聞こえないのだろう。明かりを足もとにむけると、後ろで丸山先生が再び口を開いた。

「最古の富士塚は、江戸時代、高田藤四郎がこしらえたとされている」

丸山先生もこの音のない闇が気になるのか、声がうわずっていた。

前を行くはずのジャスミン嬢に気付かれないように、友哉は声を落として尋ねる。

「富士塚って、富士山が好きだけど登れない人のために作った、ダミーのミニミニ富士山のことですよね」

「きみは、身も蓋もない云い方をするなあ」

丸山先生の声に、いつもの調子が戻ってきた。

「織田信長も富士山好きだったそうだが、富士山信仰はもっと古い。この安達ヶ丘こそが、最古の富士塚だと云う説があるんだ。安達ヶ丘は人工の山とも云われるし、天然の丘陵を富士山に似せて整形したという説もある。いずれの説も古く、応天門の変のころだとか」

「応天門の変と云えば、平安時代ですよね」

大内裏——御所を中心とした官庁街で起きた放火事件のことである。

「富士塚である安達ヶ丘は、当時の地方長官によって造られた。伝承によれば、その人物こそキノツラユキ——」

「先生、紀貫之のことがよっぽど好きなんだな。紀貫之って、言霊が使えるから何でもアリと宣言したおじさんですよね」

「またまた、身も蓋もない。文学の徒として、もう少し情緒のある云い方ができないのか？」

紀氏は応天門の変で失脚し、紀貫之もまた上級貴族としての道を絶たれた。その結果、地方の長官職を転々とすることになった。友哉は、つい先月に書いた期末試験の答案を思い出す。

「鹿野くん、見なさい」

丸山先生が後ろから声をかける。懐中電灯を持つ手をつかまれて向きを変えられた先に、古い御堂が建っていた。

「ここは安達ヶ丘の頂上だよ、鹿野くん。そして——」

振り返って顔を見なくても、丸山先生の視線が御堂を向いているのは判る。

友哉は懐中電灯を落としかけ、慌てて手に力を入れた。

(おれ、ここを知っている——来たことはないけど)

アパートで怪盗花泥棒騒ぎが起きた前夜、友哉は夢の中で安達ヶ丘の頂上の景色を見ていた。夢では、登天さんが日記に火を点けて、芋を焼いていた。そこから少し離れた場所に、この御堂があったのだ。

夢と同じ陰気な格子扉は、懐中電灯の細い光に照らされ、おどろおどろしく見える。

夢の風景が実在したという事実もさることながら、夢の中でさえ不気味に見えた格子戸が、今は半開きになっていることの方が、友哉を立ちすくませた。

「い——い——行くぞ、鹿野くん」

丸山先生が、しきりと背中を押している。

「これぞ、ぼくのライフワークだ。学生時代に見つけ、追いかけてきた疑問が、いま解かれようとしているんだよ」

それがいかに重大なことか、邪馬台国の発見に匹敵するとか、織田信長が実は女性だったなんてくらい大変なことだとか、熱っぽく語る丸山先生の声がうつろに響く。

友哉の目は、半開きの格子戸に釘付けになっていた。

(あの人——ジャスミン嬢は、一人で入ったんだ)

日記堂に来て、他のお客の後ろでおずおずしていたジャスミン嬢。

ニセ怪盗花泥棒への敵意なのか、同情なのか。友哉はのどからせり上がってくる鼓動を飲み込んで、決然と——まったく決然と御堂に足を踏み出した。

友哉が急に動いたせいで、丸山先生は前のめりに転びかけ、文句を云う。その憤慨がかえって力になったのだろう、丸山先生の声からも臆する気配がうすれた。

「気を付けなさい。階段があるぞ、鹿野くん」

「はい」

一坪ほどしかない建物のゆか、奥の四分の一が下へ降りる階段になっていた。ぶ厚い板でふち取られた階段は、石造りの堅固なものである。

「この階段も、平安時代に造られたんですか？　そのわりには、すごく正確というか、モダンというか——」

「ぼくだって、万能ではない。建築のことは、さほど詳しいわけではないんだよ」

丸山先生に再び背中を押され、友哉は「危ない」と文句を云ってから足を進めた。

階段は十段ごとに踊り場が造られ、そこで直角に曲がって下へ下へと続いてゆく。どれほど降りたころか、段は消えてなめらかなスロープにかわった。

「まるで巨大なアリの巣ですね」

友哉は、小学生のころに定期購読していた学習雑誌のことを思い出した。夏の号だったと記憶している。付録がアリの飼育キットだった。

（アリの世界を俯瞰する神さまになった気分で、面白かったっけ。でもあのキット……というかアリ、どうしたっけ）

プラスチックの容器に詰めた白い砂と、そこに掘られたアリの巣のことは思い浮かぶのに、観察に飽きた後の記憶がない。じんわりとした罪悪感がわいたとき、ふと誰かがこちらを見下ろしているような――かつてアリを見下ろした自分と同じ立場の存在を感じた気がして、怖ろしくなる。

「鹿野くん、ぼんやりしないで」

うしろから丸山先生の声がして、友哉の手の中の明かりがすっと消えた。

「停電――じゃなくて、電池切れ？」

「馬鹿な。四十八時間は保つはずだぞ」

「電池のスペアは？」

「だから、四十八時間は保つはずだったんだ」

丸山先生がライターを点し、友哉はそれを頼りに、中の電池を揺らしたり差し替えたりするが、懐中電灯に光は戻らない。丸山先生は舌打ち加減に、友哉の腰から小田原提灯を取り上げると、中のろうそくに火を点した。

「風情があるねえ」

丸山先生は皮肉に云って、細い提灯をかざす。

おぼろげな光の中に、友哉は懐中電灯の明かりで見たのとは別のものを発見して、息を飲んだ。

岩壁にはいく段もの穴がうがたれ、それを書架にして冊子が並べられている。

そのいずれもが、和綴じだったり、布張り、革張り、あるいはハローキティの表紙の日記なのである。友哉がアリの巣のようだと感じた地下道の壁一面が、日記の貯蔵庫になっている。

(そうか――。鬼塚さんは、デッドストックの日記を、ここに運んでいたのか)

友哉は書架に飛びついて、開いてはページをめくり、また別の一冊を開いてはページをめくった。

「鹿野くん、いい加減にしなさい。先に進むぞ」

そんなことを云う丸山先生だが、同じように一冊、一冊と日記を手に取っている。

二人ともが手当たり次第に日記を取り上げ、文字に酔っぱらったように、次の日記へ次の日記へと持ち上げては戻す。小田原提灯の細い明かりの中では文字など読めるはずもないのに、どうしてなのかＬＥＤの光に照らされていたときより視界が鮮明になったような気がした。

実際、友哉は手にした和綴じの日記の、読めもしない崩し文字を眺めては「むかしの人はどうしてこの摩訶不思議な文字を読んだり出来たのだろう」なんて考えている。その背中をゴツリと叩いて、丸山先生は小田原提灯を前方へと差し出した。

「鹿野くん、先客が居るぞ」

「ジャスミン嬢——？」

ほんの数メートルほど離れた先に、黄緑色のニットの上下を着た人が、怯えた顔でこちらを振り返っていた。

5

「やっぱり、ジャスミン嬢だ。いや、ニセ怪盗花泥棒だ！」

友哉は丸山先生から小田原提灯をひったくると、相手の近くまで歩み寄る。

ジャスミン嬢は、まるで光線銃で撃たれたかのようによろめいた。

「怪盗花泥棒の泥棒日記を買ったのは、あなたですね、ジャスミン嬢」

「はい」

ジャスミン嬢は、消え入りそうな声で答えた。

「日記の真似をして、怪盗花泥棒の名で犯行予告をよこしたのも、あなたなんですね、ジャスミン嬢」

「そうなんですけど。あの——」

ジャスミン嬢は、肩に提げたOLらしい小さなバッグを開いた。もの慣れた仕種で中をかき回すと、てのひらに隠れるほどの何かを取り出す。

(何かの武器？　ナイフとか？)

緊張して後ずさる友哉の目の前に、ジャスミン嬢は素早くそれを差し出してきた。

「や——やめなさい！」

友哉と同じことを考えたらしく、丸山先生は裏返った声で悲鳴をあげる。

ジャスミンのかおりは嗅覚の臨界を超え、鼻は何も感じなくなった。

「わたし、石倉柚美《いしくらゆずみ》と申します。よろしくお願い申し上げます」

友哉たちの前に出されたのは、武器でも危険物でもなく名刺だった。

小田原提灯で照らすと、石倉柚美という名前の脇に、駅前通りにある老舗デパートの屋号に加え、総務課と記されてある。

「は？」

「ジャスミンではなくて、石倉柚美と申します。よろしくお願い申し上げます」

石倉柚美はもう一度、会釈をした。

(礼儀正しい泥棒だなあ)

友哉が困った顔をしているのを見て、石倉柚美はうなだれる。

「確かに、泥棒の予告状を出したのは、わたしです。日記を読んでいるうちに、怪盗花泥棒のような胸のすくことがしたくなって、こうして忍び込んでしまいました」

柚美は暗い声で云い、「ごめんなさい」と付け足した。

「ごめんで済めば、警察も日記堂も要りませんよ」

われながら、どこか猩子に似た云い回しだと友哉は思う。鼻の感覚がもどり、またジャスミンのにおいがし始めた。

「どうして、こんなことをしたんですか？　いくら日記に感化されたといったって、泥棒なんかしたら、駄目でしょう」

「わたし、自分を変えようと思って。何か、こう……ものすごい思い切ったことをしたら、今までの自分を変えることができるんじゃないかなと思って」

「どういうことなのかな、鹿野くん？」

丸山先生がイライラした声を出し、友哉はニセ怪盗花泥棒に関する顚末を、かいつまんで説明した。

「わたしって、からっぽの人間なんです。彼氏には、自主性のカケラもないと云われました。その人も、もう離れて行っちゃったんですけど――」

柚美の顔が、懐中電灯の光の中でゆがむ。声がくぐもったので、泣いていると判った。

「その人と、一緒に暮らしてたんです。来月、籍を入れる予定でした。その彼がね、ふと云ったんですよ」

——入浴剤はやはり、ジャスミンのかおりに限るね。

柚美はさっそくインターネットでジャスミンの入浴剤を探し、千袋入り一箱五万円のものを、通販で十箱買い込んだ。彼女にしてみれば、将来の伴侶の言葉には喜んで従う素直さを、最大限に示したつもりだった。

「ええと——。一万袋、五十万円」

異口同音につぶやいたきり、友哉と丸山先生は言葉につまる。

柚美の恋人も、同じように絶句した。彼は運び込まれてくる膨大な量の入浴剤を見て、二人の将来をはかなみ、鍵を置いて出て行った。

「あれから一人きりで暮らしているから。入浴剤、使っても使ってもあるんです」

柚美は身にまとわりついたかおりを払う仕種をする。ジャスミン臭は一気に広がり、友哉の嗅覚はふたたび臨界を超えた。

「しかしね——」

思わず、丸山先生が口をはさんだ。

一人だろうが二人だろうが、使っても使ってもあることに大差はないだろう。先生がそう云おうとしたのを制して、泣き声の柚美は続ける。

「課長がテレビの朝ドラを、すごくほめたんです。今度のドラマは面白いぞ、名作だぞ、おすすめだぞって」

柚美は翌朝から、そのドラマを見始めた。

彼女の住まいは職場から離れていたから、連日、遅刻することとなった。

上司に呼ばれて厳重に注意されたが、柚美は混乱してしまう。この時だってやは

り、上司の言葉にはすすんで従う素直さを、精一杯に示したつもりだったのだ。

「きっとその上司の人、録画してたか、再放送を観てたと思うんですけど」

「そうか……そうですよね」

柚美のうつむく角度が、さらに深くなった。

「わたし、着るものも、そうなんです。どんな服が好きなのか、自分でもよく判らないんです。それで、友だちや同僚の服が素敵だなって思って同じものを買うから、真似しないでって、イヤがられるんです」

「あ」

友哉は、《ラプンツェル》に来ていた女性客のことを思いだした。ジャスミン嬢と同じ服装だったため、驚いてかき氷をこぼしてしまった相手だ。

(ひょっとして、あの人の真似だったのか)

陽気で活発そうだった彼女に較べて、石倉柚美はいかにも存在感がうすい。

「わたしだって、こんな自分がいやなんです。だから、誰の真似もしないで、強い生き方をしている人を見習おうと思って——」

単に服装や髪型ではなく、人生のお手本として、柚美が探し出した相手が佐久良肇と紀猩子だった。

「怪盗花泥棒って、人を傷付けず、庶民のお金には手を付けず——素敵ですよね」

「素敵じゃない」

友哉はぴしゃりと云った。

「結局は真似じゃないですか。それも泥棒なんて。周囲に迷惑をかけない範囲内で、自分が困らない範囲内で、あなたの好きなようにすればいいんです。泥棒するのが、あなたのしたいことなんですか？」

詰め寄る友哉は、不意のこと、自分の言葉の中に答えの一つを見つける。

「あ……。だから、佐久良さんの日記を」

盗んだのかと友哉が云う前に、柚美はバッグからオレンジ色の日記を取り出して

「ごめんなさい」と、消え入りそうな声で云った。

「すごいな。あのガラスケース、鬼塚さん特製のテンキー錠がかかってたんですよ」

「すみません。怪盗花泥棒なら、こうするかしら……とか考えてたら——」

考えていたら、開けてしまった。

他人を真似るという度外れた天性を、柚美は自覚しているのか、いないのか。柚美は佐久良氏を真似て、怪盗花泥棒になりきった。そもそも、佐久良氏も顔負けなほど、柚美には怪盗の才能があるのだ。

その才能により、次に柚美が狙ったのは——。

「紀猩子が所蔵する、紀貫之のもう一つの日記というわけだな」

丸山先生が云った。

丸山先生の小田原提灯と、てのひらに納まりそうなほど小さい柚美の懐中電灯の明かりの中で、友哉は両者の顔に視線を往復させる。

「ジャスミンのかおりの正体は、ずっとあなただったんですよね、石倉さん」

柚美は、小さな明かりをもそもそと揺らした。

「先々月、あなたのアパートに忍び込んだのは、わたしです。あなたが日記堂のスタッフなので、特別な日記を持っていると思ったんです」

「ぼくが、例のその——紀貫之のもう一つの日記を持っていると思ったってこと?」

「はい」

だいたい、紀貫之のもう一つの日記とは何なのか? それも、柚美が猩子に憧れて観察するうちに探り出したものなのか? 訊く前に、柚美の告白は先へと進んだ。

「あの時、あなたの持っている日記を、怪盗花泥棒みたいに盗み出したかった。だから、管理人さん宛に予告状を出したんです」

「はあ、そうだったんですか」

友哉がなかば日記堂にぼられ押しつけられた『ためらひ日記』を、柚美は別のとてつもない貴重品だと間違えた。

人違いならぬ、日記違いだ。

有名な怪盗花泥棒の名をかたって、友哉の日記を盗むと犯行予告を出し、アパートに侵入した。そうして、日々使いすぎているジャスミンの入浴剤のかおりを残して行ったのである。

「あのときは、人の気配がしたので慌てて隠れたら、部屋に男の人が入って来て、日記を持って行ってしまったんです」

「それ、おれの父です。おれの書いた日記だと勘違いしたんですよ。そして、勘違いしたまま、後で謝られました。おまえの日記を勝手に読んでごめん、と」

友哉は逮捕された佐久良氏のことを思い、むしゃくしゃしてきた。佐久良氏は自分の罪を悔いていたが、《十三夜館》の犯行予告については冤罪なのだ。

「そりゃ、《十三夜館》では何も盗まれなかったけど。あのとき、佐久良さんが捕まえそこねたのは、あなただったんですよね」

「はい。怪盗修行のつもりで、あなたの部屋から日記を持ち帰った人——あなたのお父さんを尾行して、ピンク色のおうちに忍び込み——」

「おれの実家です」

「書斎にパンフレットが貼ってあった画廊に、犯行予告を送って侵入してみたんです」

「怪盗修行って」

丸山先生が肩をすくめた。

「修行ってことは、本命もあるわけだね。その本命とは、日記堂店主が所有する、紀貫之のもう一つの日記」

「ええ」

柚美は素直に認め、友哉は首をかしげた。

「日記堂に、そんなものがあるとは思えませんけどねえ。だいたい、その紀貫之の日記って……」

「鹿野くんには、『竹取物語』が紀貫之の日記であることは、すでに話したね。きみは判りやすい異論を唱えていたが、そこの辺りはフィクションだと思いなさい。『土佐日記』のある一ヵ所と同じだ。『竹取物語』の中には百のウソの中に一つの事実が、『土佐日記』の中には百の事実の中に一つのウソが書かれてあるんだよ」

「何なんですか？　『竹取物語』に書かれている事実って」

「それはね」

丸山先生は言葉を切り、次の一言を口に出す興奮を空気とともに吸い込んで、胸にためてからゆっくりと吐き出す。

「ぼくは、紀猩子という女性がかぐや姫なのだと思っている」

「はあ？」

「それは、ちょっと飛躍しすぎでは？」

友哉は笑い、柚美までがおずおずと反論した。

しかし、丸山先生は怯まない。

「今ぼくは、『土佐日記』に百の事実と一つのウソが書かれていると云ったね。そのウソとは、紀貫之が幼い娘を亡くした箇所であると、ぼくは確信しているんだ。紀貫之が高齢になってから授かった愛娘は、『土佐日記』に書かれているように亡くなったのではない。彼女は死ななかったのだ」

「――死じ子《しん》、顔よかりき」

友哉は胸にうかぶままに、そうつぶやいた。

高校の授業でその一節を読んだとき、鼻の奥にツンと刺さる痛みを感じたものだ。

あのころ、母のクリニックに緊急入院した女の人が、その夜一人で泣いていた。泣き声が、届くはずのない友哉の勉強部屋まで聞こえたのである。あのときに聞こえたのは声ではなく、悲しみだったのだと、友哉は今でも思っている。

それから数日して、やはり夜中に両親の話し声が、開けはなった窓から忍び込んできた。そのときの会話も、電子蚊取りのにおいと一緒に、友哉の鼻の奥に刺さった。

――悲しみを消す薬があればいいのに。薬草みたいに、ゆっくりと効くのではなしに。今すぐに、悲しみに効く頓服薬があればいいのに。

そう云った母に、父が答えた。

――そんなものがもしあるとしたら、それは薬ではなくて、毒だよ。

――だけど、わたしには今、悲しみを消す薬が必要なんです。

母は、泣いていた女の人のことを考え、一緒に悲しんでいたのか。それとも、生まれる前に亡くなった赤ん坊のことを思っていたのか。友哉は今でも聞けずにいる。

「ねえ、考えてみなさい」

丸山先生のよく響く声が、友哉の思索を破った。

「瀕死のわが子を前にして、そこにもし不老不死の薬があるとしたらどうする？　それを使うのはタブーだからと、効く見込みのない薬草の方に頼るかい？」

「そうなったら、やっぱり、背に腹はかえられないですよ」

「わたしも、鹿野さんに賛成です」

友哉と柚美は今、そのシチュエーションなら不老不死薬を使うのにためらいはないと断言した。その一方で、友哉は胸の奥では、医師だった父は薬草茶を使う道を選んだのだなと思う。

「でも、先生。不老不死の薬がその場にあったという前提は、どうかなと——」

云いかけた友哉を、丸山先生が遮った。

「記録が見つかった限り、いつの時代でも、この安達ヶ丘には青い着物を着た美貌の女性が隠棲してきた。そして、この低い山は薬草の宝庫であり、なおかつ藩政時代ですら、藩主たりとも立ち入りを禁じられてきた」

「青い着物の人は、猩子さんだって云うんですか？　安達ヶ丘が立ち入り禁止なのは、不老不死薬の原料があるからだと？」

うっかり茶葉を摘んだせいで労働奉仕を強いられている友哉は、そんな自分の現状自体が荒唐無稽に思えもするし、いくら何でも丸山先生の理屈の飛躍には、笑う以外にどう反応していいのか判らない。

しかし、丸山先生は少しも引かなかった。

「だいたい、なぜにこの山が、富士塚でなければならなかったのか。それは、やはり言霊に誠実たらんがためだ。紀貫之は言霊の威力を知っていた。だからこそ、『竹取物語』という日記の一部分を現実化するために、富士塚を造った。不老不死の薬を隠した山は、富士山でなければならないのだ」

「でも……。『竹取物語』のラストで、不老不死の薬は富士山に隠したんじゃなくて、燃してしまったんですよね」

「え、そうだったっけ？」

友哉に指摘され、丸山先生の態度に狼狽が生じる。小田原提灯の明かりに揺れる先生の顔を見ながら、友哉は別のことを考えて少しばかり胸を躍らせていた。

（もしか丸山先生の云うとおりだとすれば、あの登天さんが紀貫之ってことになるよね。不老不死の薬があるなら、自分にも使ってたっておかしくない。ひょっとして、猩子さんにプレゼントしたキラキラの粉が、不老不死の薬だったりして？）

そこまで思って、急に背中がうそ寒くなる。

（不老不死薬なんて、そんなわけないよ。あのキラキラ粉をかけたら、毛ガニは死んでしまったんだから）

しかし、毛ガニは最初からゆでられていた。ゆで毛ガニが動き回っていたことの方が問題ではないか。――ほんの数時間前の、とぼけた奇跡に思いを巡らせると、あのときと同じ混乱がよみがえった。

丸山先生はツメの部分で持論の修正を迫られ、黙り込んでいる。柚美は相変わらず居心地悪そうに、もじもじと自分の足もとを見つめていた。

そんなときに覚えのある声が鋭く響いたものだから、その場に居た三人ともが肝をつぶした。

「馬鹿ね。不老不死薬なんて、そんなものじゃないわよ」

青い袖からのびた腕を、けだるそうに首の付け根に当てて、猩子が立っていた。

この人がかぐや姫である。

丸山先生の突飛な説に影響されたのか、友哉の目には猩子が竹から生まれた赤ん坊みたいに輝いてみえた。もっとも、『竹取物語』の姫は金色の光の子だったが、猩子をとりまくほんのりとした明るさは、彼女の着物と同じように青ざめている。——それもまた、この長い人工洞窟の闇になじんだための、目の錯覚なのだろうが。

「丸山先生。あなたはなかなか、鋭いところを押さえているわ」

「そう、でしょうかね」

丸山先生は、気圧《けお》されつつも胸を張った。

困ったことにね、と猩子は小声で付け足してから続ける。

「丸山先生の云うとおり、『古今和歌集』の冒頭に書いてあるでしょう。言葉は何でもやってのける、天地をも動かすって。パパがむかし……大むかし使った薬というのは、飲み薬でも塗り薬でもなく、言葉だったのよ」

「は？」

ほうける友哉と丸山先生の後ろで、石倉柚美が不思議そうな声を出す。

「あれ？　みなさん、気付いていなかったんですか？」

「石倉さんは、知っていたってこと?」

友哉が感心すると、柚美は困った顔で「だから、日記なんです」とつぶやく。

「だから、紀貫之の日記が欲しかった。でも、わたしは——」

柚美は不老不死になりたかったのではなく、インパクトのある自分だけの何かを成し遂げたかったのだ——怪盗花泥棒のように。

「まあ、あなた方の欲しがっているものは、どっかそこらにあるでしょうよ」

猩子は青い袖を振って、どこまでも続く書架を示す。

「わたしは反対に、不老不死薬の解毒剤を探して、古今東西の言葉——日記を集めていたの」

「なんですって?」

「ですからね——。紀貫之の娘は死の瀬戸際で決して死なないようにと不老不死の呪文をかけられ、そのあげく千年も死ぬことができず、いい加減に飽きちゃって、パパの呪文を解く言葉を探してたってわけ。頭にくるのは、パパが解毒剤のことなんか考えてもいなかったこと」

「お父さまもテンパってる……って状態だったんですね」

柚美は小さくあいづちを打っている。

「そんな——馬鹿な」

柚美ほどに柔軟になれない友哉は、自分の方が超常のものみたいな足取りで、よろよろと猩子に近付く。そんな一同を眺め、猩子は両腕を振って着物の袂をはためかせた。

「だって、しょうがないでしょ。ほら、現にこうして長〜く生きてるんだもん」

「は……はあ」

「あらゆる書物の中で、一番に書き手の真実が記されているのは日記です。手記やブログなんてのは駄目ね。人に読ませようとした時点で、どうしても誤魔化しが入り込んでしまうのよ。無意識的でも、自分というキャラクターを作り込み、それを演じてしまう。だけど、日記だけは生の言葉が書き込まれているものなの」

「でも——でも」

友哉の言葉に、切迫した苦悩が混じり始める。

猩子はそれを受け止め、どこか懐かしそうな顔をした。先を促すように、意外なほど優しいまなざしで友哉を見る。

「でも、それを見つけてしまったら、猩子さんが死んでしまうんでしょう?」

「………」

猩子は友哉の言葉を全身に取り込もうとするように、目を弓形に細めて大きく息を吸い込んだ。

「ゆで毛ガニじゃないんだから、すぐにポックリ死ぬわけじゃないのよ。あなたと同じく、やがて老いて死ぬ運命を取り戻すだけ。友哉くんだって、もしか真美ちゃんがおばあさんになっても、自分だけが大学生のままなんていやでしょ」

「それは、いやです。断じて困ります！」

「そういうこと」

猩子は、ちょっと悲しい顔をする。

「終わらないというのは、始まらないのと同じこと。死なないってことは、生きていないのと同じことなのよ。だから、わたしは不老不死薬の解毒剤を探しているの」

求めるものでなかった日記の大方は、この人工洞窟の書庫に収納して、一部は日記堂で販売している。猩子にとっては目的のものではないとしても、日記には彼女が日頃から云うように、人を救う力があるからだ。

「パパがむかし、書いたとおりにね。言葉は人を動かし、人を助けることもある」

「パパって……。あの登天さんが紀貫之だってことなんですよね」

以前、真美が聞いただけで死ぬ言葉――という話をしていた。それは言葉として口から発したときに、自分の耳にも聞こえてしまうから、話し手も死んでしまう。だから、その言葉は教えられないとも云っていたものだ。

それとは逆に、死を永久に遠ざける言葉があるのなら、それを瀕死の愛娘に向かって発した紀貫之——登天さんも、不老不死になってしまったということか。

「これだけ探しても、わたしの欲しい解毒剤はないのよね」

猩子はいつもの口調で、うんざりと岩壁の書架を見渡した。

「見落としているんだったりして」

「これを、全部読み直せっての？」

友哉の軽い思いつきに、猩子はくってかかる。

その横合いから、丸山先生も気力を取りもどして猩子に迫った。

「解毒剤はなくても、毒の方——不老不死の言葉はあるのでしょう」

顔を輝かせた丸山先生を、猩子はキッと振り返る。怒りなのか、あるいはそこだけ風が吹いたのか、ひっつめの結いがほどけて長い黒髪がぶわっと逆立った。

「丸山先生。あなた、そんなことを知って、どうする気なの？」

甲高い声で訊いた後、猩子の声は不吉に低くなった。顔の表情まで、プラスチックのお面みたいに冷たくなる。

「それより、あなた方全員——。この話を聞かれたからには——」

そう云って、猩子が取り出したのは、あの夕暮れ色の貝殻の粉だった。ゆで毛ガニを一瞬で殺した毒である。

千年来の秘密を知ったから、ここで口封じに殺されてしまう。そうと察して、友哉は猩子の腕に飛びついた。

「猩子さん、おれたちは何も見ていません。ここで話したことも聞いたことも誰にも云いませんから。助けて、殺さないで！」

友哉の云うのを聞いて、丸山先生も猩子の意図を察したらしい。小瓶を持つ猩子の手をつかもうとする。

「やめなさい、猩子さん！　人の命を軽々しく扱うな」

「不老不死の薬を探したくせに、どの口が云うか！」

友哉と丸山先生、猩子はわずかの間、もみあいになった。

しかし、猩子は外見から想像もつかない腕力の持ち主なのである。

「エーイッ！」

最初に弾き飛ばされた友哉が、岩壁にぶつかり、くぼみに納められていた日記をごっそりと崩してしまう。そこへ、同じかっこうで丸山先生が投げ出された。

ジジ……。

丸山先生の手からこぼれた小田原提灯が、古くて枯葉みたいになった日記の上に落ちる。頁を舐める炎を見て、先生は慌てた。

「大変だ――消さなきゃ――いや、熱い！」

悲鳴とともに投げ出された日記は、炎の雨と化して降り注ぐ。

「先生と猩子さんのドジ！」

「わ――わたしも、そう思います」

友哉と柚美が黄色い悲鳴をあげる間にも、火の粉はこぼれた日記すべてに広がり、書架をのぼるようにして炎の壁をつくる。

猩子と初めて会った五月の夕暮れ、橙色のヤマツツジが炎の壁のように咲き誇っている風景を思い出した。その先に、友哉と日記堂を結びつけた、あの野生の茶畑が広がっていたのだ――。

「鹿野くん、何をぼんやりしているんだ！」

耳元で丸山先生が怒鳴り、友哉はわれに返った。

目を転じれば、来た道は炎に阻まれ、熱くて強烈な光が岩壁の日記を飲み込みながら迫って来る。

「こっちだ」

丸山先生は両手で猩子と柚美の手を摑むと、大声を上げて友哉を促した。

行く先は、この人工洞窟の奥よりない。この道がどこまで掘り抜かれているのか。燃料となる日記がずっと詰め込まれているなら、やがて行き止まりまで行っても火に追いつかれてしまう。

炎に追われて奥へ奥へと進みながら、友哉は脚に負けずに走り回る鼓動を聞いた。

ドクドクと波打つ音に、別の轟音が被さる。

「こっちへ！」

一番に低い猩子の背丈ほどの場所に、隧道《トンネル》を横切る横穴があった。

友哉が目をやったとき、すでに二人の女性は丸山先生に助けられて横穴に登り、その二人に助け上げられた丸山先生が友哉に向かって手をさしのべている。

「せーのっ！」

四人が同じ声で叫んで、友哉も横道へとよじ登った。

その声は、けれど誰の耳にも判然と聞こえず、かわりにさっきから響いていた轟音が、いよいよ大音響となって洞窟を揺るがす。

横穴の天井は、さっきまでいた隧道と同じく、友哉の背丈よりずっと高かった。

友哉は登った横穴が奥へと続いていると知り、いささかほっとする。迫る炎を視界に認め、あわてて身を起こそうとして——全身に水しぶきがかかった。

「水？」

少し情けない声を上げたときである。

その声もまた轟音にかき消された。

一同が居る横穴のゆかをすれすれに、しぶきを上げた大量の水が、隧道を奥から出口へと向かって走る。その勢いの強さを、友哉は啞然と見下ろした。

「もしや、自動消火システム？」

「ま、まあね」

引きつる声で尋ねる丸山先生に、猩子もまたわずかに引きつった声で応じた。「鬼塚さんて、シャレにならないくらい、凝り性なんだわね」と、ぼそぼそ独りごちるのが聞こえた。

「この横道、どこまで続いているんでしょうか？」

「さあ」

「おれたち、ここから出られるんでしょうか？」

「さあ」

さっきまで炎に追いかけられた下の道は、今は奥から流れ出た水で浸《ひた》されている。焼けこげた日記の残骸を浮かべ、水は黒く長い川をつくっていた。

「泳いで出口まで戻るのは無理だよね」

「それは、無理ですよ」

「じゃあ、先に進むしかないな。別の出口に続いてるかも知れないし」

四人は足を引きずるようにして歩いた。

壁面の書架は相変わらず続いているが、下で見たのよりは造りがおざなりである。ともすれば詰め込まれた日記が崩れ落ちそうでもあり、友哉は壁面に向かって牽制するような視線を投げつつ進んだ。

「真っ暗なはずなのに、下のトンネルに居たときより、よく見えるのが不思議」

そのよく見える視界の中に現れたのは、底から青く光るような水をたたえた地底湖だった。

ほとりには、明らかに人工のものと思える石柱がある。駆け寄った丸山先生は、声に出してそこに記された文字を読んだ。

「あやめ草名におふ池はくもりなきさつきの鏡みるここちなり」

「どういう意味なんですか？」

ぐらぐらする岩壁の書架にもたれながら、友哉が聞いた。

正確には、岩壁ではない。土をうがったくぼみに、日記が押し込んであるのだ。下にあった堅固な書架とは違い、こちらは日記の保存状態も悪く、触れれば土にもどりそうなほど劣化していた。

「歌の意味は、この際どうでもいいんだよ。諸君、これは僥倖かも知れないぞ」

丸山先生は放心したように云った。大きめのギリシャ彫刻のような顔が、疲労困憊の奥からにじみ出る別の感情で弛んでいる。

「富士山には、忍野八海という湧水群がある。いずれも、富士山の内部にわいた水が、わき出して地表に泉となって現れたものだ。出口池、御釜池、底抜池、銚子池、湧池、濁池、鏡池、菖蒲池——」

「丸山先生。蘊蓄はよろしいから、要点だけ簡潔におっしゃって」

いらいらした猩子に遮られ、丸山先生は気を悪くしたみたいに咳払いをする。

「だからね、安達ヶ丘が富士塚ならば——いや、富士塚なのだ。この地底湖は、忍野八海の一つの菖蒲池にあたる。山梨県忍野村にある本物の忍野八海には、それぞれに和歌を刻んだ石碑が建てられているんだ。さっきの和歌は菖蒲池の石碑に刻まれたものだ。菖蒲は、すなわちアヤメ。つまり——」

つまり——。

そこから先は、聞くことが出来なかった。

友哉の背後にあった土壁の書架が天井からくずれ、ただ一声「あ」と云ううちに、壁と日記がなだれ落ちたのである。

横穴に入ってから不思議と明るく見えていた視界は、一瞬のうちに闇と化した。

高い音の耳鳴りがひっきりなしに響き、それが実は耳鳴りではなく柚美の悲鳴だと判った。友哉は自分が生き埋めになり、全身が土砂と朽ちた日記の破片に深く埋もれたことを知った。

それなのに、なぜか意識がある。柚美が悲鳴をあげ、丸山先生と猩子が早口でののしり合いながら、ガサゴソと土砂を掘り起こそうとしている。

――友哉くん友哉くん――鹿野くん鹿野くん――。

ひっきりなしに聞こえる猩子たちの声の中に、友哉はまったく無関係の幻覚をみた。小さなスプーンでお母さん自慢のミルク粥を食べさせられている赤ん坊が、歯のない口で笑っている。勤務先の病院が、まだずいぶんと薬品くさい空気で満たされていた頃で、そこで働くお父さんに抱っこされるのは、ちょっと苦手だった。

それから……。

医学部受験の必須科目は、物理と化学と数学。来る日も来る日も続く苦手な授業のすえ、二度目の受験失敗を報告に行った友哉に、予備校の先生が云った。

――逃げられるのに逃げないのは、それも怠慢だと思うんだよね。きみを逃がさないのは、他ならぬ、きみ自身なんだったりして。

――それはつまり、自縄自縛《じじようじばく》、ですね。

――鹿野くんは、四字熟語に強いよね。

予備校の先生とそんな会話をした日、勤務医だった父が屋台カフェを始めると転職宣言したのだった。

「友哉くん！」

刺すほど鋭い声がして、六本の手が争うように友哉の顔の前で土を掘り出した。猩子、柚美、丸山先生が、それぞれ鬼気迫る形相で土砂を取りのけ、それが目的だったというのに、現れた友哉が無事であることに愕然とした顔をした。

「うそ、生きてる……」

「少なくとも、十五分は生き埋めになっていたはずだ。呼吸ができる隙間もなかった」

「でも、平気ですけど」

友哉は顔に付いた土を払い、襟の中からカマドウマが飛び出したので、女の子みたいに高い悲鳴を上げた。気味わるがってピョンピョン跳ねる友哉を見て、猩子が、続いて丸山先生が、暗い視線をよこす。

「え？」

一同の不可解な様子に友哉が顔を向けたとき、突然のこと、猩子の手が力任せに友哉の頬を打った。

「痛い！　何をするんですか！」

「本当に？　本当に痛いの、友哉くん」

「え？」

友哉は打たれた頬に手を当てて、本当は少しも痛くなかったことに気付いた。男顔負けの怪力がある猩子から、あれだけ力任せに平手打ちをされたら、痛くないはずはないのに。

「友哉くん、ここに入ってから日記を読んだ？　どの日記を読んだか覚えてる？」

「え？」

猩子の云う意味が、じんわりと脳にしみた。

友哉はこの地底書庫を進む途中で、手当たりしだいに日記を持ち上げては目の前でページをめくり……そんな動作を繰り返していた。その中に、千年前の猩子を死から救った言葉――不老不死の言霊が書かれたものがあったのかも知れない。

「だって――だって、どれもちゃんと読んでいないし。くずし文字だったから、おれには読めなかったし」

「きみが読んだつもりはなくても、脳は記憶していたのかも知れない」

呆然とする友哉のひじの辺りをつかみ、丸山先生は他の二人にも地底湖のほとりに来るよう促した。

「しかし、今はそれを論じるより先に、することがある」

丸山先生は、青い湖面を見つめて云った。

「さっき云いかけたのはね、この地底湖が富士塚である安達ヶ丘の湧水群の一つだということなんだ。人工の山である安達ヶ丘は、忍野八海に当たる池も、より判りやすい水路として設計されているに違いない」

「この地底湖は地上のアヤメのある池に通じている――そういうことですね」

これまでよりずっと明朗な調子で、柚美が丸山先生の言葉を継いだ。

＊

どこに通じるか知れたものではない青い水に潜り、息もせずに泳ぐ。

その間、友哉は毛ほども息苦しさを感じなかったことこそが大問題だったが、四人は二十五メートルプールを半分まで行く程度の潜水の果てに、地上へとたどり着いた。

死なないのは、生きていないのと同じこと。

死なないのは、死んでいるのと同じこと。

波のように押し寄せてくるのは、猩子が云っていた言葉だ。猩子が千年の間に感じていた絶望に近い倦怠が、友哉にも待っている。

「そんなの、いやだ！」

叫んだ友哉は、見覚えのある池から顔を出した。

前に来たときには、池をぐるりと囲んでアヤメの花が咲いていた。安達ヶ丘で迷い、どこを歩いてみても吸い寄せられるように戻ってしまった小さな池である。

闇夜ならば居場所を見失ってもおかしくないが、ほんの少しの距離を隔てて日記堂が建ち、いまやその前の広場では盆踊りの最中だった。大音量の地元民謡に加えて、ハウリング混じりのアナウンスが迷子の放送を繰り返している。

――迷子の鹿野友哉さん。お連れさまがお待ちです。いらっしゃいましたら、射的屋台・大吉屋までお越しください。

「みなさん、大丈夫かしら」

騒音の隙間から、猩子が訊いた。

ペシッ!

三人が答えるのも待たず、猩子のきゃしゃな手がそれぞれの頰を痛烈に打つ。

「痛い」

「痛い」

「痛くない」

最後に答えた友哉の声を確認し、猩子は自分の頰も同じ強さで打った。

「はい。わたしも、痛くないのよね」

肩をすくめるようにして答えた猩子は、その着物すらも濡れていなかった。着衣までも不老不死になるのかと驚く友哉の服もまた完璧に乾いている。

(そんな……)

乾いたTシャツの裾を両手でつかみ、込み上げてくる涙を背中で隠した。けれど、視点を転じたことで目に入った猩子の動作に、涙も忘れて高い声を上げる。

「猩子さん。それは、毛ガニを殺した毒——!」

「そうなのよ。これが濡れていたら、大変だわ」

猩子はのんきな声を出す。

そうして、安達ヶ丘の隧道でしようとしていたのと、同じことをしていた。夕日色の貝殻粉の小瓶を取り出し、ふたを開けようとしているのである。

月明かりを反射して、貝殻粉の色合いは、昼間に見るよりも深みを増していた。その美しさの分だけ毒性も増したように思えて、友哉の狼狽は深まる。

「丸山先生、猩子さんを止めて！」

友哉の声に気付いて、丸山先生は全身から菖蒲池のしずくをしたたらせて飛んでくる。

にやり、と猩子の目が笑った。

その手が、カエルの舌のごとく伸びて、柚美をとらえる。

柚美の悲鳴と、制止する友哉たちの声が混ざり、猩子は唇のはしをククッと上げた。

「みなさん、地下で起こったこと、その他諸々、知られたからには——」

柚美を助けようと、二人の男が駆け寄ったとき、猩子の青い袖がひるがえった。

遠く西の方角で、シャーベット色の火花が夜空に上がる。送り盆の今夜は、あちこちでお祭りが催されていた。広い駐車場を持つショッピングモールでも、恒例の花火大会が始まったのだ。

「えーい！」

まるで少女のようなあどけない掛け声とともに、猩子は毒の小瓶を天に向かって振り上げた。

綺羅――綺羅――綺羅――。

華やかで、栄華に満ちた千年前の宝――夕日色の粉末は、四人の頭上に降り注ぐ。

満点の星を背景に、遠方で上げられた花火が友哉たちの真上で開いたように見えた。

祭りの騒音に紛れて、一瞬だけ波の音が聞こえる。

――磯辺の白波と姫のお顔は、いずれがまされり？

――お父さまの、お頭《つむり》の白きがまされり。夕日が映《は》えて、美しきこと。

友哉は、海辺で幼い娘と遊ぶ歌人の幻を見た。

6

盆踊りのやぐらでは、年配の婦人たちが、巧みな手振りで盆踊りを踊っている。

友哉は、真美と手をつないで飛坂をおりていた。

「鹿野くん、さっきはどこへ行ってたの？　わたし、射的の屋台で、三十分も待ったんだから。鹿野くんがもう帰って来ない気がして、迷子放送してもらっちゃった」

口を尖らせる真美は、巨大なテディベアを抱いている。

「三十分？」

友哉とニセ怪盗花泥棒の柚美、丸山先生と猩子の、地底探検は、たった三十分間の出来事だったのか。

（そんな馬鹿な）

友哉はそう独りごちるのだが、だいたい何が馬鹿なのか、自分でもよく判らない。安達ヶ丘の山頂から降りた地下隧道の書庫のことか。丸山先生が追求し、猩子が絵解きした古い古い日記のことか。地下隧道の火事と洪水、友哉が不老不死になった事故。猩子が撒いた毒薬のこと。どれもこれも、口に出して話してしまったら、馬鹿馬鹿しいと云って笑われてしまいそうなことばかりだ。

（でも、みんな無事だったし）

猩子は風呂に入り直すと云って日記堂にもどり、柚美は盆踊りの輪に入り、丸山先生は友哉たちより一足先に飛坂を降りて行った。

（だけど、本当に無事だったのか？）

友哉は貝殻紛を浴びた肩に手をやり、そのてのひらに目を落とした。土砂に埋もれても水に潜っても何の苦痛も感じなかった友哉は、不老不死というてひどい病気をもらってしまったのではなかったか。

――真美ちゃんがおばあさんになっても、自分だけが大学生のままなんていやでしょ。

猩子の云った言葉は、鮮明に耳に残っている。

――それは、いやです。断じて困ります！

声を高くして云った自分の言葉も、同じほど覚えている。

むっつりとてのひらを見る友哉を、真美はまだ不機嫌に見上げた。

「ねえ。三十分も、どこ行ってたの？」

「トイレがね、混んでたんだよ」

「日記堂に行って借りたらよかったのに」

「あ。そうだね」

真美はつないだままの手で西の空を指した。

「今年の花火は、シャーベットカラーなんだね。夕日が落ちる海の色みたい」

露店を照らすアセチレンガスのおぼろな光が、風景から現実感をうばっていた。さながら、お祭り騒ぎの飛坂が地球を飛び出し、真っ暗がりの宇宙に浮かび上がってでもいるようだった。

＊

友哉はベッドの背もたれに頭をぶつけた。

「痛い！」

遮光カーテンの隙間から朝日が頬に射し、友哉は自分の悲鳴で目が覚めた。

「痛い？」

痛いとは、どういうことか。不老不死が直ったのか？

友哉は手の甲をつねったり、自分の頬を打ってみたり、コントのキャラクターが夢から覚めたのを確認するみたいな、こっけいな動作をひとしきり繰り返した。

（やっぱり、痛い。ということは、不老不死は、直ったわけ？）

それとも、すべて夢だったということで解決してはもらえないだろうか。

「夢じゃないわよ」

日記堂に出勤すると、猩子がすました声で云った。

先に真美が遊びに来ていて、友哉の代わりに書架にハタキをかけている。猩子は昨夜着ていた麻の着物の、ほころびを繕っていた。

「これじゃあ、着られないわね」

得意らしい針仕事の、しかし目も当てられない始末を眺めて、猩子は残念そうに云った。

「お気に入りだったのに」

「着物には、アップリケを付けるわけにいきませんものね」

覗き込む真美が、同情気味の声をだした。

脱いだスニーカーをガラスケースの死角に隠しながら、友哉は二人のやりとりをうかがう。なにげなくケースの中をのぞくと、佐久良肇氏のオレンジ色の日記がもどっていた。

(猩子さんの着物が破れている？　昨夜はおれも猩子さんも、着ているものごと水にも濡れなくて、泥もつかなくて——不老不死になっていたのに)

そう思って見上げる棚の上、例の毒の小瓶は空っぽになっていた。

友哉の心の動きを読んでいたのか、猩子は裁縫箱から目も上げないままで話しかけてくる。

「忘れ貝拾ひしもせじ白玉を恋ふるをだにかたみと思はむ——それ、忘れ貝の粉なの。パパったら、もう千年もパチもんばかり贈りつけてきて、とうとう少しマシなものをくれたみたい」

「千年って——。猩子さんたら、大げさ。親からもらったものは、嬉しくなくても、一応は嬉しい顔をしといた方がいいですよ。後で本当に欲しいものを、ねだれますからね」

真美が真顔で忠告すると、猩子は「真美ちゃんたら」と云って笑った。

聞く友哉は、意味もなく忍び足になって、板の間に上がった。

登天さんのくれた夕日色の小瓶は、毒薬ではなく忘れ貝の粉末だということか？

今、猩子が口にした歌は、期末試験にも出ていた『土佐日記』の一節である。

——何もかもを忘れてしまうという忘れ貝など拾うまい。玉のように可愛いわが子をいつまでも愛しいと思う心を、亡き子の形見とするのだから。

丸山先生説をとれば、亡き子という部分がフィクションだということになる。

加えて忘れ貝というのがパチもんではないと、猩子が云うのなら——。

忘れ貝が、皆の問題の記憶を忘れさせたということなのか。

「ということは、猩子さんは治ったんですか？」

猩子も友哉も、不老不死になるに至った言霊——言葉を、忘れ貝の粉のおかげで忘れてしまった。だから、友哉はベッドの背もたれに頭をぶつけたら痛かったし、猩子の着物には破れ目が出来た。

「やった、治った。やった、治った」

手をたたいたり、ばんざいしたりして喜ぶ友哉を不思議そうに眺め、真美は猩子を心配そうに見る。

「なにが治ったんですか？」

「夏風邪みたいなもん」

「夏風邪ひくのは、馬鹿なんですよね」

友哉は、いつぞやのお返しにそんなことを云って浮かれる。しかし、別の思いがわき起こり、その歓喜をくもらせた。

（でも、本当に嬉しいだけなのかな。寂しく思ったり、後悔することはないのかな）

漠然とした寂寥と一緒に、当然にして気付くべき疑問もわいた。

「じゃあ、石倉さんや丸山先生は？」

「ええ。あの二人も、もう心配要らないわ」

忘れ貝が丸山先生の迷惑なライフワークや、石倉柚美の泥棒修行の成果までも消去したというのなら、それは確かに好都合だが。しかし、猩子自身、その効能に関しては確信などなかったのだ。

それが、丸山先生の紀貫之に関するディープでカルトな研究と、石倉柚美の怪盗としての才能だけを、それぞれピンポイントで消去するとは、都合が良すぎないか？

友哉の疑問は、目つきだけで猩子に通じたみたいだった。

「最近の風邪薬は、一番ひどい症状を治すのよね」

そう云ってから、真美には聞こえないように、友哉に耳打ちをする。

「この薬も、その人にとって一番肝心なことを忘れさせるわけ。それにしても、こんなにも、うまくゆくと思わなかったわ。もちろん、実験はしてたんだけど——」

先月、ゆで毛ガニに不老不死の言葉をささやいたら、ゆでられたままで生き返った。それにひとつまみの貝殻粉を掛けたら死んでしまった。——これは、友哉も目撃している。

猩子にしてみれば、相手は毛ガニなので記憶力があるのかどうかもよく判らないし、貝殻粉が不老不死の言葉にのみ作用したとは確信がなかった。

つまり、昨夜、貝殻粉を皆にふりかけたのは、無事に済むという確信あっての行動ではなかったという。

「全員が、重症の記憶喪失になる可能性があったわけだけど、助かって良かったわ」

「猩子さん、あなたって人は――」

絶句しかけた友哉は、背中に真美のきょとんとした視線を感じて、あわてて作り笑いをした。それを確認したように、猩子は店の外に視線を投げる。

「友哉くん、その辺からパパを探して来てくれない？」

「登天さんが来ているんですか？」

「また、どこかで焚き火でもしているに決まっているのよ。火事にでもなったら大変」

昨夜のことを思い出した友哉が「ええ、大変です」と即座に答える。

一方で、真美が目を輝かせて、猩子の顔をのぞきこんだ。

「猩子さんのお父さんが来てるんですか？　わたしも、一緒に行っていいですか？」

興味津々の真美だが、相手が紀貫之その人だと判ったら、どんなに驚くだろう。いや、こうして話している相手がかぐや姫だと知ったら、どうなることか。

真美はかかとの高いミュールをはいて飛び出して行き、友哉はそれとは正反対で、スニーカーのヒモが絡まって転びかけた。

せっせとヒモを結ぶ友哉の背中に、猩子が呼びかけてくる。

「友哉くん、うちに来て三ヵ月になるわねえ」

「そうですっけ？　あ、そうですね」

「じゃあ、これあげる」

そう云って差し出した封筒には、《給与》と書かれてあった。

「給与って――どうしたんですか？」

「あら、給与って知らない？　労働の対価と諸手当のことです」

「それは知ってますけど――。二千五百時間ただ働きって云ってたじゃないですか」

「要らないなら、引き取るけど」

「いえ、要ります。要りますよ」

慌てて封筒を開いてみると、千円札が三枚入っている。

「うわ、少ない！　信じられないくらい、少ない！」

「文句あるなら、もう来てくれなくて結構よ」

「……え？」

友哉は変な声を出して振り返った。

（どういう風の吹き回しなんだ？）

――逃げちゃだめよ。逃げても、追いかけて行きますからね。

――二千五百時間、ただ働き決定ね。

これまでさんざんに束縛の言葉を繰り返していたのに、今になって「もう来なくていい」なんて云っている。

「おれは、辞める気なんかないですから。不当解雇したら、今度こそ怒りますよ」

「なら、勝手になさいな」

開けはなった店の戸から風が吹き込んで、裏の座敷に抜ける。

猩子は破れた着物の修繕をあきらめたらしく、裁縫箱を片付けた。その横顔を見ているうち、友哉はここで働き始めたころに猩子が云っていた言葉を思い出す。

（猩子さんは、不老不死の解毒剤となる言葉が、どこかのだれかの日記に書いてあると考えた。それで、ずっと日記を集めていた。でも、解毒剤は日記ではなく忘れ貝の粉だったわけで――）

――見つけるまで、この商売はやめられないわね。

（解毒剤は見つかって、もう効いちゃったんだよね）

日記堂とは、猩子の目当てからはずれた日記を売る店だった。しかし、千年来の目的を果たした今、猩子には日記堂を続ける理由がなくなってしまった。

「猩子さん、まさか日記堂を閉めるなんて云いませんよね。地下の在庫も、燃えてしまったし」

「それは、もちろん……」

またたきをしない目で、じっと見つめられる。

友哉は落ち着かなくなって、むやみにジーンズのひざを手でこすった。懸命に視線をそらさないようにして見つめ返す中で、猩子は目を弓形に細めて微笑む。

「人生と言葉がある限り、この世から日記が消えることはありません。したがって、日記堂の仕事は、変わることがないんです」

「よかった」

友哉は結んだスニーカーのヒモを解くと、店に上がり込んでぺこりと頭を下げた。

それから、いそいそと外に飛び出す。

先に行ったと思っていた真美は、店のわきで待っていた。友哉たちの会話を聞いていたのだろう。安心したような表情でこちらを見上げ、「よかった」と、友哉と同じように云った。

エピローグ

登天さんは、いつかの夢と同じく、安達ヶ丘の頂上で焚き火をしていた。

燃しているのは、やはり登天さんの日記らしい。

紀貫之の日記は、一冊どころか、本人がこうして燃すほどあったのだ。おそらく、まだまだあるに違いない。

「うっかり残しておくと、猩子ちゃんがお店で売っちゃうから」

登天さんは、小さな顔をしわだらけにして笑ったあと、ちょっとまじめな表情になった。

「言葉が天地を動かすなど、若いころは生意気なことを書いたものです。そんな思い出も、こうして燃すと天に昇るのですよ」

視線を転じれば、驚天動地の冒険の入口となった御堂が、変わらず陰気にたたずんでいる。半開きだった格子戸はしっかり閉ざされていて、これを閉じたのは登天さんなのだろうかと、友哉は思った。

「あの、登天さん。訊いてもいいですか」

友哉は焚火の中でとろとろと燃えてゆく日記を見ながら、ためらいがちに口を開く。

「何でしょう」

「登天さんは、どうして自分では忘れ貝の粉を使わないんですか？　つまり——」

猩子が不老不死のかぐや姫でなくなったのに、この先も自分だけ変わらずに居るのは、ひどくつらいだろうに。

飲み込んだ言葉の分まで聞こえたみたいに、登天さんはしわの中の目を微笑ませた。

「わたしには仕事がありますから。鬼塚さんや、他の皆さんと一緒の仕事がありますから」

「ああ、鬼塚さん。——なるほど、鬼塚さんか」

判ったような、判らないような心地で、友哉は再び御堂に目をやった。

水浸しになった火事の跡を見たら、鬼塚氏は何と云うだろう。それとも、猩子はもうあんなに大量の日記を集める必要などないのだから、鬼塚氏の仕事もなくなるのだろうか。

「あなたは将来、鹿野さんのお嫁さんになるのですか？」

真美を見て、登天さんはそんなことを訊いている。

さりげなくも仰天するような問いに、友哉の思考は中断した。

おそるおそる目を動かすと、真美はこの上なく可愛らしい動作でうなずいていた。

「はい、たぶん」

同意を求めるように真美に見つめられる。

友哉はツーッと鼻から息を吸ってから、真美に視線をもどしてにっこりした。

「はい、きっと」

「ほら、見て」

登天さんは二人の腕をそっとつかんで立ち上がった。

四方の斜面を見渡してから、さらに視線を遠くへと転じる。

「ここに居ると、列車の音が聞こえます。海も見えるのです」

ジオラマみたいな街には、秋の始まりの風が吹き始めていた。この安達ヶ丘でも、セミの声に秋の虫の音が混ざっている。

「これからは猩子ちゃんにも、時間の過ぎるのが見えるのです。二人とも、この先も猩子ちゃんと仲良くしてやってくださいね」

登天さんはふたたび焚き火の前にしゃがみ込んで、日記の灰の中からアルミ箔に包んだ焼き芋を取りだした。

あとがき

むかしから、変なジンクスがありまして——。

口に出したことは、決して実現しないのです。

うまくゆくと云えば、必ず失敗する。大丈夫だと云えば、ひどいトラブルが発生する。

恋愛から仕事から宝クジから懸賞から、もう全てです。

それならば、悪いことを云っておけば、結果は逆になるだろう。勢い、「あれもダメで、これもダメなの」とグチっぽいことばかり云う女になり、すっかり友だちが減りました。それでも懲りずに『逆言霊』なる名称までつけて、いまだにグチを云っているけど、この秘術・逆言霊を使ったところで、いまだに良いことも起こっていません。（おかしいなあ）

『幻想日記店』は、『日記堂ファンタジー』というタイトルで書き上げた連作短編を、改稿したものです。もとの物語は、ふわりと楽しむ軽い幻想小説のつもりでしたが、ナゾのヒロイン・猩子さんの正体をもっと知りたいということで、以前に書いた『幻想郵便局』の登天さんと鬼塚さんを登場させることにしました。

「幻想シリーズ」になったからには、トボケ方も一段アップせねばなりません。鬼塚さんの筋肉質ぶり、不思議なおじいちゃんの登天さんを書き足してゆくのは、とても楽しい仕事でした。

さて、作中に登場するのは日記を売る店・日記堂。

誰かの日記は、別の誰かの糧となる。

そんなうたい文句で、善男善女の日記を売り買いするお店です。

この日記というもの、心のまま奔放に筆をはしらせるだけあって、純粋な言霊の宝庫であります。書き手の日常と日記との間には一ミリのズレもなく、超能力者が術を行うごとくに精神統一などせずとも、だれしも強力な言葉をつむぎ出すことが出来る……気がします。

実際、多くの日記が歴史の、考古学の、文学の——その他さまざまな分野のナゾに、光を当てるカギとなってきました。日記とは、例外なく言霊の書。恋愛や仕事でロクな目をみず、宝くじにも懸賞にも外れてふて腐れていても、同じ境遇を乗り切った人の言葉から薬以上の効能をもらえる……かも知れません。

ずっと昔にも、そんなことを云った人が居ました。

（歌は、つまり言葉は）力をもいれずして、天地を動かし——と『古今和歌集』の仮名序で宣言した紀貫之です。その幼名は阿古久曾《あこくそ》——これはきっと逆言霊にて『クソ坊主』とでもいったところでしょうか。言霊おじさんの紀貫之は、かの『土佐日記』の書き手だとは申すまでもありません。

言霊と日記というところで、話は紀貫之へとつながりました。

実は『幻想日記店』には、この偉大な先人が隠れていますので、よろしければその姿を探してみてください。

『土佐日記』につづられていた貫之の親しい者の死が、物語の隠れた軸ともなっています。決して滅びないこと、必ず滅びること、不死と死。その混じり合わない二つの現象が、いつしか一つに重なってゆくことを、わたしはこの小説を書き進むうちに知りました。

平成二十五年十一月

堀川アサコ

解説

西條奈加

最初のカラスのシーンが、印象的だ。

こう書くと、本シリーズのファンの方は、わかってくださると思う。第一巻の『幻想郵便局』、冒頭のシーン。わずか一頁だけの序章。序章《プロローグ》とさえ銘打ってないプロローグ。

しゃべるカラス。その死を看取るもうすぐ八歳のわたし。学校の遠足。古い神社。不思議なはずの存在が、あたりまえに日常に溶けこみ、現代と太古の昔が平凡の中で混じり合う。このさりげなさが、とてもいい。

『幻想日記店』は、『幻想郵便局』『幻想映画館』に続く、幻想シリーズの三冊目にあたる。

　シリーズと言っても、主人公はそれぞれ違う。『郵便局』は職にあぶれた大卒女子、『映画館』は不登校の女子高生。そしてこの『日記店』では、二度の失敗で医学部を断念し、文学部への変更を余儀なくされた三浪大学生、鹿野友哉。

　互いを知らず、直接には何の関わりもない彼らだが、共通点がある。

　宙ぶらりんでいることだ。確固たる自分の居場所が見つけられず、自信がなく疎外感を覚えている。ようやく大学に入り、文学も嫌いではないのに、ともに医者である両親への申し訳なさから、友哉もやはり胸にわだかまりを抱えている。

　彼らと同じ世代の読者に限らず、誰もが一度はこうした迷いや心許《こころもと》なさは経験しているはずだ。たぶん一度と言わず、何度も。それが人生だと言ってしまえばそれまでだが、終身雇用が崩れ、情報が氾濫し、何よりも選択の自由という諸刃《もろは》の剣を手にしたいまは、昔よりもいっそうたくさん、こういう人々があふれている。

　昔の方が良かったと、懐古主義を唱えるつもりは毛頭ない。私が就職したころは、まだ終身雇用も年功序列も健在だったが、能力を問わないおかしな習慣だと内心で首をかしげていた。いまや資料ひとつ探すにもネットは不可欠だし、いい歳をして物書きに転職したのも、選択の自由のおかげである。

　ただすべての物事には、長所と短所がある。自由と安定は、本来は相反するもので、いまはよくも悪くも安定が得難くなっている。新成人のなりたい職業の一位に、公務員があがるのもそれ故だ。

三人の主人公たちは、いわば現代《いま》を象徴している。現実との折り合いがつけられぬまま、宙ぶらりんで浮かんでいる。そんな彼らを受け入れてくれるのが、日常と隣り合わせの幻想世界だ。最初は半ば巻き込まれる形ではあるものの、この世ならざる人々は、正面から彼らと向き合ってくれる。安い同情や慰めではなく、ときに叱咤し、ときに黙って見守りながら、本当の意味で彼らと関わろうとする。

現実と幻想は隔絶していない。ちゃぶ台の上に、オムライスと味噌汁を並べたように、ややちぐはぐなまま、さりげなく隣り合っている。

主人公に関わる不思議な人々もやはり、圧倒的な超能力をもって敵をばったばったと薙《な》ぎ倒すわけでは決してない。郵便局に勤めたり、さして流行らなそうな映画館や日記店を営んでいたりと、いたって小市民的な暮らしぶりだ。迷える子羊をたちどころに救うわけではなく、当の自分たちでさえ逃れられない運命の中で、じたばたともがいている。

けれど力がないからこそ、できることもある。受容と承認。あたりまえの自分を、あたりまえに認めてくれること。現実社会では案外難しく、超人や全能の存在では、人間の些細な悩みなど理解し得ない。だからこそ作者は、より人に近い、人にあらざるものを配した。ふとふり向くと背中に寄り添っていて、わっと驚くこともある。少し迷惑で微妙に重くて、けれどやさしい幻想の者たちだ。

冒頭にも書かれている。悲しみに効く頓服薬《とんぷく》は、薬ではなく毒だと。万能の特効薬では、人を救えない。互いにちょっと面倒くさいなと思いながら、ともに同じ時間を過ごす。ゆっくりと効いてくる薬こそが本物なのだと、作者は語りかけている。

幻想シリーズの人気は、そこにあると思う。


三作目となる『幻想日記店』は、タイトルのとおり日記が重要な役目を果たす。

余談だが、私は日記ときくとまず、父親の育児日記を思い出す。長女の私が生まれたころは、まだ時間に余裕があったようで折にふれて書いていた。別に育メンだったわけではなく、いわば子供観察日記のようなものだ。気に入らぬことにごねていたとか、妹の誕生をイマイチ喜んでいないとか、私の根性の悪さがそこはかとなく垣間見える。

毎日とはいかず、何ヵ月も間があいたこともあったが、私が小学校に上がる前まで続いており、小さな手帳五冊ほどになった。そして私が生まれて三年後、妹が生まれたときに、今度は母が育児日記を始めた。父を真似たのだろうが、残念ながら母はいたって飽きっぽい。五冊はおろか、たった五ページで終わっていた。

あいにく私も、この母の遺伝子を継いでいる。十代のころに二、三度トライしたものの毎度のごとく挫折して、以来日記の類には手を出していない。毎日かかさず更新されるブログなどを目にすると、偉いなあとひたすら感心してしまう。

　そういえばひと昔前は、「他人の手紙と日記は見てはいけません」が常識だった。日記＝プライバシーであり、秘密であった。いまや日記はネット上で堂々と公開し、見ず知らずの他人からコメントをもらう媒体となっている。

　ただ、ブログが登場するよりずっと昔から、すでに見せる日記というものは存在していた。いわゆる日記文学である。主に平安・鎌倉時代に書かれた、文学性のある日記。広辞苑にはそんなふうに書かれている。『紫式部日記』や『更級《さらしな》日記』などがあるが、日本で最古の日記文学とされるのが、紀貫之の『土佐日記』だ。本書においては、何より大事な鍵となる。

　――男もすなる日記といふものを、女もしてみんとてするなり。

　古典の造詣《ぞうけい》に乏しい私でも、この書き出しだけは覚えがある。男が書く日記というものを、女の私も書いてみようと思う。現代語にするとそんな感じだろうか。男である作者が、女のふりをして綴る。ここからすでに虚構であり、よくドラマの最後に出る「この作品はフィクションです」という断りを、最初から銘打っているに等しい。

　つまり日記文学とは、本来の日記とは似て非なるもの。公開を前提とするブログもまた、こちらに近いかもしれない。作中の、紀猩子《きのしょうこ》の言葉にもある。

「手記やブログなんてのは駄目ね。人に読ませようとした時点で、どうしても誤魔化しが入り込んでしまうのよ」

だが、猩子の日記堂に置かれる日記は、それとは違う。

「あらゆる書物の中で、一番に書き手の真実が記されている」

いわゆるプライバシー&秘密に満ち満ちた、日記である。人が好奇心をくすぐられ、興味を惹《ひ》かれるのは、断然こちらの方だ。

物語には、実にさまざまな人々の日記が登場する。屋台カフェ日記、ためらひ日記、泥棒日記。これを手にする者たちは、主人公の友哉同様、迷っていたり困っていたり。他者から見れば些細な、だが本人にとっては甚だ深刻な問題を抱えている。

彼らは一様に、ちょっと変だ。何かが欠けていたり、逆に突出していたり。どこか不安定でバランスが悪い。だが、それが人間であり、それでふつうなのだ。

中でもこの傾向がもっとも強いのは、副主人公とも言える紀猩子だろう。青い着物の似合う美女でありながら、中身は案外子供っぽく、ちょっと意地悪でワガママ。同時に、得体の知れない不気味な存在でもある。安達原には鬼女が住んでいた——能の演目にある『黒塚』で、つまり猩子は安達ヶ丘に住まう鬼女かもしれない。

何故、〝日記堂〟なる不思議な店を営んでいるのか？　彼女の正体は？　それが物語の要であり、主人公の友哉と同様、読者はひたすらこの美女にふりまわされることになる。

そしてもうひとつの楽しみは、シリーズを通して登場する人物たちだ。今回は、登天さんと鬼塚さんに会える。彼ら郵便局員たちの正体もまた、完全には明かされていない。シリーズを追うごとに徐々にわかってくる趣向であり、本書では登天さんの謎が解かれる。


堀川アサコさんと私は、同じ日本ファンタジーノベル大賞でデビューした、いわば同窓生で、ともに時代小説を手掛けてもいる。堀川さんは私の一年あと（二〇〇六年）の受賞だが、デビュー作の『闇鏡』には驚かされた。比較的資料を入手しやすい江戸時代でさえ、私は四苦八苦しているのだが、『闇鏡』は室町時代が舞台だ。どのように時代考証したのかとたずねると、「わからない分、江戸時代より楽ですよ」と笑って返された。けれど堀川さんの作品を読めば、きちんとした考証に支えられているとすぐにわかる。たぶん昔から古典や歴史が大好きで、そういうものにたくさん触れてきたのだろう。その真摯《しんし》な気持ちが、行間からあふれてくる。

幻想《ファンタジー》を構築するには、実は現実《リアル》の知識が不可欠だ。実際の風景がなければ、蜃気楼も映りようがない。それと同じで、霧や霞に等しい空想世界を読者の前に現出させるには、細部を現実に似せて造りこまねばならない。

考証という過去の現実《リアル》に裏打ちされているからこそ、堀川さんの幻想は魅力的なのである。

ほのかな恋愛が混じった青春小説。ホラーに彩られたミステリー。あらゆる要素が、少し懐かしい匂いのする幻想に放り込まれ、とろ火でじっくり煮詰めた上で、読者を引き込んで離さない疾走感がエッセンスとして加味される。

大きなしゃもじで鍋をかきまわしている作者こそが、現代の心やさしき魔女に思えてくる。

本書は二〇一二年八月に小社より刊行した
『日記堂ファンタジー』をもとに、大幅に
改稿の上、改題したものです。

|著者|堀川アサコ　1964年、青森県生まれ。2006年『闇鏡』で第18回日本ファンタジーノベル大賞優秀賞を受賞してデビュー。2011年に刊行した『幻想郵便局』、『幻想映画館』(『幻想電氣館』を改題)の「幻想シリーズ」(ともに講談社文庫)で人気を博す。幻想シリーズ第三弾となる本書は『日記堂ファンタジー』を大幅改稿の上、改題したもの。他の著書に『たましくる――イタコ千歳のあやかし事件帖』『これはこの世のことならず――たましくる』(ともに新潮文庫)、『月夜彦』『芳一』(ともに講談社)など。現在シリーズ第四弾『幻想探偵社』を東奥日報にて連載中。

幻想日記店《げんそうにっきてん》

堀川《ほりかわ》アサコ

講談社文庫

定価はカバーに
表示してあります

2014年1月15日第1刷発行

発行者――鈴木　哲

発行所――株式会社　講談社

東京都文京区音羽2-12-21　〒112-8001

電話　出版部（03）5395-3510
　　　販売部（03）5395-5817
　　　業務部（03）5395-3615

Printed in Japan

デザイン―菊地信義

本文データ制作―講談社デジタル製作部

印刷―――中央精版印刷株式会社

製本―――中央精版印刷株式会社

ISBN978-4-06-277699-8

講談社文庫刊行の辞

二十一世紀の到来を目睫に望みながら、われわれはいま、人類史上かつて例を見ない巨大な転換期をむかえようとしている。

世界も、日本も、激動の予兆に対する期待とおののきを内に蔵して、未知の時代に歩み入ろうとしている。このときにあたり、創業の人野間清治の「ナショナル・エデュケイター」への志を現代に甦らせようと意図して、われわれはここに古今の文芸作品はいうまでもなく、ひろく人文・社会・自然の諸科学から東西の名著を網羅する、新しい綜合文庫の発刊を決意した。

激動の転換期はまた断絶の時代である。われわれは戦後二十五年間の出版文化のありかたへの深い反省をこめて、この断絶の時代にあえて人間的な持続を求めようとする。いたずらに浮薄な商業主義のあだ花を追い求めることなく、長期にわたって良書に生命をあたえようとつとめるところにしか、今後の出版文化の真の繁栄はあり得ないと信じるからである。

同時にわれわれはこの綜合文庫の刊行を通じて、人文・社会・自然の諸科学が、結局人間の学にほかならないことを立証しようと願っている。かつて知識とは、「汝自身を知る」ことにつきていた。現代社会の瑣末な情報の氾濫のなかから、力強い知識の源泉を掘り起し、技術文明のただなかに、生きた人間の姿を復活させること。それこそわれわれの切なる希求である。

われわれは権威に盲従せず、俗流に媚びることなく、渾然一体となって日本の「草の根」をかたちづくる若く新しい世代の人々に、心をこめてこの新しい綜合文庫をおくり届けたい。それは知識の泉であるとともに感受性のふるさとであり、もっとも有機的に組織され、社会に開かれた万人のための大学をめざしている。大方の支援と協力を衷心より切望してやまない。

一九七一年七月

野間省一